선생님과 함께 읽는 날개

물음표로 찾아가는 한국단편소설 11

선생님과 함께 읽는

날개

서울국어교사모임 지음 ㅣ 박세연 그림

Humanist

'물음표로 찾아가는 한국단편소설' 시리즈를 펴내며

문학 교육은 아이들이 꿈을 꾸게 하기 위해 필요합니다. 그러나 요즘의 문학 교육은 참고서와 문제집을 통해서만 이루어지고 있습니다. 그래서 문학 수업은 엉뚱한 상상도 발랄한 질문도 없는 밍밍하고 지루한 시간이 되어 버렸습니다. 상상의 여지가 사라지고 질문이 없는 수업은 아이들을 질리게 하고 문학을 말라 죽게 합니다. 그렇다면 어떻게 해야 문학 교육을 살릴 수 있을까요?

무엇보다 학생들이 스스로 생각을 열어 질문을 만들 수 있게 해야 합니다. 매우 상식적인 일이지만, 우리 교육 환경에서는 잘 이루어지기가 어렵습니다. 그래서 전국국어교사모임은 학생들이 스스로 생각을 열고 엉뚱한 상상과 발랄한 질문을 할 수 있는 마중물을 붓기로 했습니다. 이는 말라 버린 문학뿐 아니라 아이들의 메마른 마음에도 물을 붓는 일이 될 것입니다.

교과서에 실린 의미 있는 작품을 골랐습니다 　중·고등학교 국어 교과서나 문학 교과서에 실린 단편소설 가운데 오랫동안 많은 사람들에게 널리 읽힌 작품을 골랐습니다. 교과서에 실렸다는 것은 중·고등학생들에게 유용한 작품이라는 것이고, 오래 널리 읽혔다는 것은 재미나 감동, 그리고 생각거리 면에서 어느 하나는 사람들의 마음에 들었음을 뜻하기 때문입니다.

전국의 학생들에게 물었습니다 전국에 있는 수많은 학생에게 소설을 읽혀 보고, 그들이 궁금해하는 것을 모았습니다. 그러고 나서 의미 있는 질문거리들을 일정한 방식으로 배열했습니다.

현직 국어 선생님들이 물음에 답했습니다 전국의 국어 선생님 100여 분이 다양한 책과 논문을 살펴본 다음 질문에 대한 답을 했습니다. 이런 과정을 통해 보다 보편적인 작품의 의미에 접근하고자 했습니다.

교육 과정과의 연관성을 고려했습니다 수업 현장에서 또는 학생 스스로 이용할 수 있도록 했습니다. '깊게 읽기'에서는 인물, 사건, 배경, 주제 등 작품과 직접 관련되는 내용을 다루었으며, '넓게 읽기'에서는 작가, 시대상, 독자 이야기 등을 살펴볼 수 있도록 했습니다.

'물음표로 찾아가는 한국단편소설' 시리즈는 다양하고 깊이 있는 생각을 이끌어 낼 수 있는 소설 감상의 안내서 구실을 할 것입니다. 또한 작품에 대한 해석과 이해의 차원을 넘어서 문화적·사회적·역사적 정보를 폭넓고 다양하게 제시함으로써 문학 감상 능력을 향상시켜 줄 뿐만 아니라, 문학과 가까워질 수 있는 기회를 제공해 줄 것입니다.

전국국어교사모임

머리말

여러분들은 풀릴 듯 말 듯 한 퀴즈를 앞에 두고 머리를 싸매 본 적이 있나요? 이상의 〈날개〉를 읽다 보면 그와 비슷한 경험을 하게 될 거예요. 천재라 불린 작가 이상의 소설과 시는 마치 알 듯 말 듯 한 암호 같거든요. 그래서 문학을 공부하는 사람들에게 이상의 작품은 오늘날까지 탐구의 대상이고, 풀고 싶은 퀴즈랍니다.

이 머리말을 지나 〈날개〉의 첫 문장을 읽는 순간, 미간이 찌푸려지면서 머릿속에 물음표가 가득해질 거예요. 몇 번을 다시 읽어도 여전히 뿌연 안개가 낀 것처럼 아리송할 거고요. 하지만 거기서 책을 덮지 마세요. 퍼즐 조각이 맞춰지며 마침내 그림이 완성되는 쾌감을 여러분이 맛볼 수 있도록 선생님이 길잡이를 할 거니까요.

지금부터 이 책의 활용법을 알려드릴게요. 본격적인 이야기가 시작되기 전, 프롤로그에 해당하는 부분이 대체 무슨 말인지 모르겠다면 페이지를 넘겨 '깊게 읽기'의 첫 번째 장으로 가세요. 그 부분을 학자들은 어떻게 해석했고, 또 선생님은 어떻게 이해했는지 써놓았어요. 〈날개〉와 친해지는 데 도움이 될 거예요.

주인공이 이해되지 않는 부분이 있다면 과감하게 두 번째 장으로 가세요. 선생님과 함께 등장인물의 행동과 생각을 되짚어 보면 이해의 폭이 더 넓어질 거예요.

세 번째 장에서는 〈날개〉에 나타난 장소나 장면과 관련된 역사적 사실을 살펴볼 수 있어요. 작품의 시·공간적 배경을 더 잘 알 수 있을 거예요.

마지막으로 '넓게 읽기'에서는 〈날개〉의 작가 이상의 삶과 작품이 쓰인 1930년대의 모습을 자세히 알 수 있어요. 이 부분을 참고하면 〈날개〉를 폭넓게 이해하고 해석하는 데 도움이 될 거예요.

'엮어 읽기'에서는 〈날개〉의 '나'처럼 무기력한 인물이 주인공인 1930년대 소설을 소개했어요. 그리고 '독자 이야기'에는 〈날개〉의 결말 이후 이야기를 상상해 보는 실제 수업 장면을 실어두었어요. 또래의 다른 친구들은 〈날개〉를 어떻게 읽었는지 엿볼 수 있겠지요.

자, 그럼 지금부터 선생님과 함께 〈날개〉를 읽으면서 이상이 낸 퀴즈를 풀어봐요. 방 탈출 게임을 하는 것처럼 촉각을 곤두세우세요. 그리고 준비가 되었다면, 이제 페이지를 넘기세요.

2024년 4월

김민, 김민재, 김재우, 정서휘

차례

날개

이상

박제가 되어버린 천재를 아시오? 나는 유쾌하오. 이런 때 연애까지가 유쾌하오.

　육신이 흐느적흐느적하도록 피로했을 때만 정신이 은화처럼 맑소. 니코틴이 내 횟배 앓는 배 속으로 스미면 머릿속에 으레 백지가 준비되는 법이오. 그 위에다 나는 위트와 패러독스를 바둑 포석처럼 늘어놓소. 가공할 상식의 병이오.

　나는 또 여인과의 생활을 설계하오. 연애 기법에마저 서먹서먹해진, 지성의 극치를 흘깃 좀 들여다본 일이 있는, 말하자면 일종의 정신분일자 말이오. 이런 여인의 반(그것은 온갖 것의 반이오)만을 영수하는 생활을 설계한다는 말이오. 그런 생활 속에 한 발만 들여놓고 흡사 두 개의 태양처럼 마주 쳐다보면서 낄낄거리는 것이오. 나는 아마 어지간히 인생의 제행이 싱거워서 견딜 수가 없게끔 되고 그만둔 모양이오. 굿바이.

굿바이. 그대는 이따금 그대가 제일 싫어하는 음식을 탐식하는 아이러니를 실천해 보는 것도 좋을 것 같소. 위트와 패러독스와…….

그대 자신을 위조하는 것도 할 만한 일이오. 그대의 작품은 한 번도 본 일이 없는 기성품에 의하여 차라리 경편하고 고매하리다.

19세기는 될 수 있거든 봉쇄하여 버리오. 도스토옙스키 정신이란 자칫하면 낭비일 것 같소. 위고를 불란서의 빵 한 조각이라고는 누가 그랬는지 지언(至言)인 듯싶소. 그러나 인생 혹은 그 모형에 있어서 디테일 때문에 속는다거나 해서야 되겠소? 화(禍)를 보지 마오. 부디 그대께 고하는 것이니…….

(테이프가 끊어지면 피가 나오. 생채기도 머지않아 완치될 줄 믿소. 굿바이.)

감정은 어떤 포―즈(그 포―즈의 소(素)만을 지적하는 것이 아닌지나 모르겠소), 그 포―즈가 부동자세에까지 고도화할 때 감정은 딱 공급을 정지합네다.

나는 내 비범한 발육을 회고하여 세상을 보는 안목을 규정하였소.
여왕봉과 미망인, 세상의 하고많은 여인이 본질적으로 이미 미망인 아닌 이가 있으리까? 아니, 여인의 전부가 그 일상에 있어서 개개 미망인이라는 내 논리가 뜻밖에도 여성에 대한 모독이 되오? 굿바이.

그 33번지라는 것이 구조가 흡사 유곽이라는 느낌이 없지 않다. 한 번지에 18가구가 죽 어깨를 맞대고 늘어서서 창호가 똑같고 아궁이 모양이 똑같다. 게다가 각 가구에 사는 사람들이 송이송이 꽃과 같이 젊다. 해가 들지 않는다. 해가 드는 것을 그들이 모른 체하는 까닭이다. 턱살 밑에다 철줄을 매고 얼룩진 이부자리를 넣어 말린다는 핑계로 미닫이에 해가 드는 것을 막아버린다. 침침한 방 안에서 낮잠들을 잔다. 그들은 밤에는 잠을 자지 않나? 알 수 없다. 나는 밤이나 낮이나 잠만 자느라고 그런 것은 알 길이 없다. 33번지 18가구의 낮은 참 조용하다.

조용한 것은 낮뿐이다. 어둑어둑하면 그들은 이부자리를 걷어 들인다. 전등불이 켜진 뒤의 18가구는 낮보다 훨씬 화려하다. 저물도록 미닫이 여닫는 소리가 잦다. 바빠진다. 여러 가지 냄새가 나기 시작한다. 비웃 굽는 내, 탕고도오랑내, 뜨물내, 비눗내……

그러나 이런 것들보다도 그들의 문패가 제일로 고개를 끄덕이게 하는 것이다. 이 18가구를 대표하는 대문이라는 것이 일각이 져서 외따로 떨어지기는 했으나, 있다. 그러나 그것은 한 번도 닫힌 일이 없는, 행길이나 마찬가지 대문인 것이다. 온갖 장사치들은 하루 가운데 어느 시간에라도 이 대문을 통하여 드나들 수가 있는 것이다. 이네들은 문간에서 두부를 사는 것이 아니라, 미닫이만 열고 방에서 두부를 사는 것이다. 이렇게 생긴 33번지 대문에 그들 18가구의 문패를 몰아다 붙이는 것은 의미가 없다. 그들은 어느 사이엔가 각 미닫이 위 백인당(百忍堂)이니 길상당(吉祥堂)이니 써 붙인 한 곁에다 문패를 붙이는 풍속을 가져버렸다.

내 방 미닫이 위 한 곁에 칼표 딱지를 넷 에다낸 것만 한 내— 아니! 내 아내의 명함이 붙어 있는 것도 이 풍속을 좇은 것이 아닐 수 없다.

나는 그러나 그들의 아무와도 놀지 않는다. 놀지 않을 뿐만 아니라 인사도 않는다. 나는 내 아내와 인사하는 외에 누구와도 인사하고 싶지 않았다.

내 아내 외의 다른 사람과 인사를 하거나 놀거나 하는 것은 내 아내 낯을 보아 좋지 않은 일인 것만 같이 생각이 들었기 때문이다. 나는 이만큼까지 내 아내를 소중히 생각한 것이다.

내가 이렇게까지 내 아내를 소중히 생각한 까닭은 이 33번지 18가구 가운데서 내 아내가 내 아내의 명함처럼 제일 작고 제일 아름다운 것을 안 까닭이다. 18가구에 각기 빌어 들은 송이송이 꽃들 가운데서도 내 아내는 특히 아름다운 한 떨기의 꽃으로, 이 함석지붕 밑 볕 안 드는 지역에서 어디까지든지 찬란하였다. 따라서 그런 한 떨기 꽃을 지키고— 아니 그 꽃에 매달려 사는 나라는 존재가 도무지 형언할 수 없는 거북살스러운 존재가 아닐 수 없었던 것은 물론이다.

나는 어디까지든지 내 방이(집이 아니다. 집은 없다.) 마음에 들었다. 방 안의 기온은 내 체온을 위하여 쾌적하였고, 방 안의 침침한 정도가 또한 내 안력을 위하여 쾌적하였다. 나는 내 방 이상의 서늘한 방도 또 따뜻한 방도 희망하지는 않았다. 이 이상으로 밝거나 이 이상으로 아늑한 방을 원하지 않았다. 내 방은 나 하나를 위하여 요만한 정도를 꾸준히 지키는 것 같아 늘 내 방이 감사하였고, 나는 또 이런 방을 위하여 이 세상에 태어난 것만 같아서 즐거웠다.

그러나 이것은 행복이라든가 불행이라든가 하는 것을 계산하는 것은 아니었다. 말하자면 나는 내가 행복되다고도 생각할 필요가 없었고, 그렇다고 불행하다고도 생각할 필요가 없었다. 그냥 그날 그날을 그저 까닭 없이 펀둥펀둥 게으르고만 있으면 만사는 그만이었던 것이다.

내 몸과 마음에 옷처럼 잘 맞는 방 속에서 뒹굴면서 축 처져 있는 것은 행복이니 불행이니 하는 그런 세속적인 계산을 떠난 가장 편리하고 안일한, 말하자면 절대적인 상태인 것이다. 나는 이런 상태가 좋았다.

이 절대적인 내 방은 대문간에서 세어서 똑 일곱째 칸이다. 럭키 세븐의 뜻이 없지 않다. 나는 이 일곱이라는 숫자를 훈장처럼 사랑하였다. 이런 이 방이 가운데 장지로 말미암아 두 칸으로 나뉘어 있었다는 그것이 내 운명의 상징이었던 것을 누가 알랴?

아랫방은 그래도 해가 든다. 아침결에 책보만 한 해가 들었다가 오후에 손수건만 해지면서 나가버린다. 해가 영영 들지 않는 윗방이 즉 내 방인 것은 말할 것도 없다. 이렇게 '볕 드는 방이 아내 방이요, 볕 안 드는 방이 내 방이요.' 하고 아내와 나 둘 중에 누가 정했는지 나는 기억하지 못한다. 그러나 나에게는 불평이 없다.

아내가 외출만 하면 나는 얼른 아랫방으로 와서 그 동쪽으로 난 들창을 열어놓고, 열어놓으면 들이비치는 볕살이 아내의 화장 대를 비춰 가지각색 병들이 아롱이 지면서 찬란하게 빛나고, 이렇 게 빛나는 것을 보는 것은 다시없는 내 오락이다. 나는 조그만 돋 보기를 꺼내 가지고 아내만이 사용하는 지리가미를 그슬어가면서 불장난을 하고 논다. 평행광선을 굴절시켜서 한 초점에 모아가지고 그 초점이 따끈따끈해지다가 마지막에는 종이를 그슬기 시작하고, 가느다란 연기를 내면서 드디어 구멍을 뚫어 놓는 데까지에 이르는 그 얼마 안 되는 동안 의 초조한 맛이 죽고 싶을 만치 내게는 재미 있었다.

이 장난이 싫증이 나면 나는 또 아내의 손 잡이 거울을 가지고 여러 가지로 논다. 거울

이란 제 얼굴을 비출 때만 실용품이다. 그 외의 경우에는 도무지 장난감인 것이다.

이 장난도 곧 싫증이 난다. 나의 유희심은 육체적인 데서 정신적인 데로 비약한다. 나는 거울을 내던지고 아내의 화장대 앞으로 가까이 가서 나란히 늘어 놓인 그 가지각색의 화장품 병들을 들여다본다. 그것들은 세상의 무엇보다도 매력적이다. 나는 그중의 하나만을 골라서 가만히 마개를 빼고 병 구멍을 내 코에 가져다 대고 숨죽이듯이 가벼운 호흡을 하여 본다. 이국적인 센슈얼한 향기가 폐로 스며들면 나는 저절로 스르르 감기는 내 눈을 느낀다. 확실히 아내의 체취의 파편이다. 나는 도로 병마개를 막고 생각해 본다. 아내의 어느 부분에서 요 냄새가 났던가를……. 그러나 그것은 분명치 않다. 왜? 아내의 체취는 요기 늘어서 있는 가지각색 향기의 합계일 것이니까.

아내의 방은 늘 화려하였다. 내 방이 벽에 못 한 개 꽂히지 않은 소박한 것인 반대로, 아내 방에는 천장 밑으로 쫙 돌려 못이 박히고 못마다 화려한 아내의 치마와 저고리가 걸렸다. 여러 가지 무늬가 보기 좋다. 나는 그 여러 조각의 치마에서 늘 아내의 동체(胴體)와 그 동체가 될 수 있는 여러 가지 포—즈를 연상하고 연상하면서 내 마음은 늘 점잖지 못하다.

그렇건만 나에게는 옷이 없었다. 아내는 내게는 옷을 주지 않았다. 입고 있는 코르덴 양복 한 벌이 내 자리옷이었고 통상복과 나들이옷을 겸한 것이었다. 그리고 하이넥의 스웨터가 한 조각 사철을 통한 내 내의다. 그것들은 하나같이 다 빛이 검다. 그것은 내 짐작 같아서는, 즉 빨래를 될 수 있는 데까지 하지 않아도 보기 싫지 않도록 하기 위한 것이 아닌가 한다. 나는 허리와 두 가랑이 세 군데 다 고무밴드가 끼워 있는 부드러운 사루마다를 입고 그리고 아무 소리 없이 잘 놀았다.

어느덧 손수건만 해졌던 볕이 나갔는데 아내는 외출에서 돌아오지 않는다. 나는 요만 일에도 좀 피곤하였고 또 아내가 돌아오기 전에 내 방으로 가 있어야 될 것을 생각하고 그만 내 방으로 건너간다. 내 방은 침침하다. 나는 이불을 뒤집어쓰고 낮잠을 잔다. 한 번도 걷은 일이 없는 내 이부자리는 내 몸뚱이의 일부분처럼 내게는 참 반갑다. 잠은 잘 오는 적도 있다. 그러나 또 전신이 까칫까칫하면서 영 잠이 오지 않는 적도 있다. 그런 때는 아무 제목으로나 제목을 하나 골라서 연구하였다. 나는 내 좀 축축한 이불 속에서 참 여러 가지 발명도 하였고 논문도 많이 썼다. 시도 많이 지었다. 그러나 그것들은 내가 잠이 드는 것과 동시에 내 방에 담겨서 철철 넘치는 그 흐늑흐늑한 공기에 다 비누처럼 풀어져서 온데간데없고, 한잠 자고 깬 나는 속이 무명 헝겊이나 메밀껍질로 떵떵 찬 한 덩어리 베개와도 같은 한 벌 신경이었을 뿐이고 뿐이고 하였다.

그러기에 나는 빈대가 무엇보다도 싫었다. 그러나 내 방에서는 겨울에도 몇 마리씩의 빈대가 끊이지 않고 나왔다. 내게 근심이 있었다면 오직 이 빈대를 미워하는 근심일 것이다. 나는 빈대에게 물려서 가려운 자리를 피가 나도록 긁었다. 쓰라리다. 그것은 그윽한

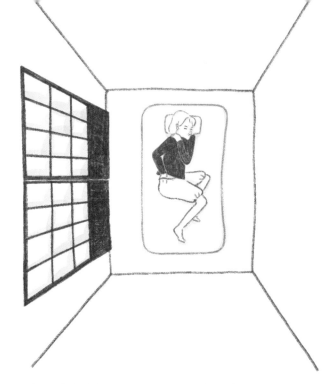

쾌감이 틀림없었다. 나는 혼곤히 잠이 든다.

나는 그러나 그런 이불 속의 사색 생활에서도 적극적인 것을 궁리하는 법이 없다. 내게는 그럴 필요가 대체 없었다. 만일 내가 그런 좀 적극적인 것을 궁리해 내었을 경우에 나는 반드시 내 아내와 의논하여야 할 것이고, 그러면 반드시 나는 아내에게 꾸지람을 들을 것이고― 나는 꾸지람이 무서웠다기보다도 성가셨다. 내가 제법 한 사람의 사회인의 자격으로 일을 해보는 것도, 아내에게 사설 듣는 것도.

나는 가장 게으른 동물처럼 게으른 것이 좋았다. 될 수만 있으면 이 무의미한 인간의 탈을 벗어버리고도 싶었다.

나에게는 인간 사회가 스스러웠다. 생활이 스스러웠다. 모두가 서먹서먹할 뿐이었다.

아내는 하루에 두 번 세수를 한다. 나는 하루 한 번도 세수를 하지 않는다. 나는 밤중 세 시나 네 시 해서 변소에 갔다. 달이 밝은 밤에는 한참씩 마당에 우두커니 섰다가 들어오곤 한다. 그러니까 나는 이 18가구의 아무와도 얼굴이 마주치는 일이 거의 없다. 그러면서도 나는 이 18가구의 젊은 여인네 얼굴들을 거반 다 기억하고 있었다. 그들은 하나같이 내 아내만 못하였다.

열한 시쯤 해서 하는 아내의 첫 번 세수는 좀 간단하다. 그러나 저녁 일곱 시쯤 해서 하는 두 번째 세수는 손이 많이 간다. 아내는 낮에보다도 밤에 더 좋고 깨끗한 옷을 입는다. 그리고 낮에도 외출하고 밤에도 외출하였다.

아내에게 직업이 있었던가? 나는 아내의 직업이 무엇인지 알 수 없다. 만일 아내에게 직업이 없었다면 같이 직업이 없는 나처럼 외출할 필요가 생기지 않을 것인데— 아내는 외출한다. 외출할 뿐만 아니라 내객이 많다. 아내에게 내객이 많은 날은 나는 온종일 내 방에서 이불을 쓰고 누워 있어야만 된다. 불장난도 못 한다. 화장품 냄새도 못 맡는다. 그런 날은 나는 의식적으로 우울해하였다. 그러면 아내는 나에게 돈을 준다. 오십 전짜리 은화다. 나는 그것이 좋았다. 그러나 그것을 무엇에 써야 옳을지 몰라서 늘 머리맡에 던져두고 두고 한 것이 어느 결에 모여서 꽤 많아졌다. 어느 날 이것을 본 아내는 금고처럼 생긴 벙어리를 사다 준다. 나는 한 푼씩 한 푼씩 그 속에 넣고 열쇠는 아내가 가져갔다. 그 후에도 나는 더러 은화를 그 벙어리에 넣은 것을 기억한다. 그리고 나는 게을렀다. 얼마 후 아내의 머리 쪽에 보지 못하던 누깔잠이 하나 여드름처럼 돋았던 것은 바로 그 금고형 벙어리의 무게가 가벼워졌다는 증거일까. 그러나 나는 드디어 머리맡에 놓였던 그 벙어리에 손을 대지 않고 말았다. 내 게으름은 그런 것에 내 주의를 환기시키기도 싫었다.

아내에게 내객이 있는 날은 이불 속으로 암만 깊이 들어가도 비오는 날만큼 잠이 잘 오지는 않았다. 나는 그런 때 아내에게는 왜 늘 돈이 있나, 왜 돈이 많은가를 연구했다.

내객들은 장지 저쪽에 내가 있는 것은 모르나 보다. 내 아내와 나도 좀 하기 어려운 농을 아주 서슴지 않고 쉽게 해 내던지는 것이다. 그러나 내 아내를 찾은 내객 가운데 서너 사람의 내객들은 늘 비교적 점잖았다고 볼 수 있는 것이, 자정이 좀 지나면 으레 돌아들 갔다. 그들 가운데는 퍽 교양이 얕은 자도 있는 듯싶었는데, 그런 자는 보통 음식을 사다 먹고 논다. 그래서 보충을 하고 대체로 무사하였다.

나는 우선 내 아내의 직업이 무엇인가를 연구하기에 착수하였으나 좁은 시야와 부족한 지식으로는 이것을 알아내기 힘이 든다. 나는 끝끝내 내 아내의 직업이 무엇인가를 모르고 말려나보다.

아내는 늘 진솔 버선만 신었다. 아내는 밥도 지었다. 아내가 밥 짓는 것을 나는 한 번도 구경한 일은 없으나 언제든지 끼니때면 내 방으로 내 조석 밥을 날라다 주는 것이다. 우리 집에는 나와 내 아내 외에 다른 사람은 아무도 없다. 이 밥은 분명 아내가 손수 지었음이 틀림없다.

그러나 아내는 한 번도 나를 자기 방으로 부른 일이 없다. 나는 늘 윗방에서 나 혼자서 밥을 먹고 잠을 잤다. 밥은 너무 맛이 없었다. 반찬이 너무 엉성하였다. 나는 닭이나 강아지처럼 말없이 주는 모이를 넙죽넙죽 받아먹기는 했으나 내심 야속하게 생각한 적도 더러 없지 않다. 나는 안색이 여지없이 창백해 가면서 말라 들어갔다. 나날이 눈에 보이듯이 기운이 줄어들었다. 영양 부족으로 하여 몸뚱이 곳곳이 뼈가 불쑥불쑥 내어밀었다. 하룻밤 사이에도 수십 차를 돌아눕지 않고는 여기저기가 배겨서 나는 배겨낼 수가 없었다.

　그렇기 때문에 나는 내 이불 속에서 아내가 늘 흔히 쓸 수 있는 저 돈의 출처를 탐색해 보는 일변, 장지 틈으로 새어 나오는 아랫방의 음식은 무엇일까를 간단히 연구하였다. 나는 잠이 잘 안 왔다.

　깨달았다. 아내가 쓰는 그 돈은 내게는 다만 실없는 사람들로밖에 보이지 않는 까닭 모를 내객들이 놓고 가는 것이 틀림없으리라는 것을 나는 깨달았다. 그러나 왜 그들 내객은 돈을 놓고 가나? 왜 내 아내는 그 돈을 받아야 되나? 하는 예의(禮儀) 관념이 내게는 도무지 알 수 없는 것이었다.

　그것은 그저 예의에 지나지 않는 것일까? 그렇지 않으면 혹 무슨 대가일까? 보수일까? 내 아내가 그들의 눈에는 동정을 받아야만 할 한 가엾은 인물로 보였던가?

　이런 것들을 생각하노라면 으레 내 머리는 그냥 혼란하여 버리고 버리고 하였다. 잠들기 전에 획득했다는 결론이 오직 불쾌하다는 것뿐이었으면서도 나는 그런 것을 아내에게 물어보거나 할 일이 참 한 번도 없다. 그것은 대체 귀찮기도 하려니와 한잠 자고 일어나면 나는 사뭇 딴사람처럼 이것도 저것도 다 깨끗이 잊어버리고 그만두는 까닭이다.

내객들이 돌아가고, 혹 밤 외출에서 돌아오고 하면 아내는 경편한 것으로 옷을 바꾸어 입고 내 방으로 나를 찾아온다. 그리고 이불을 들치고 내 귀에는 영 생뚱생뚱한 몇 마디 말로 나를 위로하려 든다. 나는 조소(嘲笑)도 고소(苦笑)도 홍소(哄笑)도 아닌 웃음을 얼굴에 띠고 아내의 아름다운 얼굴을 쳐다본다. 아내는 방그레 웃는다. 그러나 그 얼굴에 떠도는 일말의 애수를 나는 놓치지 않는다.

아내는 능히 내가 배고파하는 것을 눈치챌 것이다. 그러나 아랫방에서 먹고 남은 음식을 나에게 주려 들지는 않는다. 그것은 어디까지든지 나를 존경하는 마음일 것임이 틀림없다. 나는 배가 고프면서도 적이 마음이 든든한 것을 좋아했다. 아내가 무엇이라고 지껄이고 갔는지 귀에 남아 있을 리가 없다. 다만 내 머리맡에 아내가 놓고 간 은화가 전등불에 흐릿하게 빛나고 있을 뿐이다.

그 금고형 벙어리 속에 그 은화가 얼마큼이나 모였을까? 나는 그러나 그것을 쳐들어 보지 않았다. 그저 아무런 의욕도 기원도 없이 그 단춧구멍처럼 생긴 틈바구니로 은화를 떨어뜨려 둘 뿐이었다.

왜 아내의 내객들이 아내에게 돈을 놓고 가나 하는 것이 풀 수 없는 의문인 것같이, 왜 아내는 나에게 돈을 놓고 가나 하는 것도 역시 나에게는 똑같이 풀 수 없는 의문이었다. 내 비록 아내가 내게 돈을 놓고 가는 것이 싫지 않다 하더라도, 그것은 다만 그것이 내 손가락에 닿는 순간에서부터 그 벙어리 주둥이에서 자취를 감추기까지의 하잘것없는 짧은 촉각이 좋았달 뿐이지 그 이상 아무 기쁨도 없다.

어느 날 나는 그 벙어리를 변소에 갖다 넣어버렸다. 그때 벙어리 속에는 몇 푼이나 되는지는 모르겠으나 그 은화들이 꽤 들어 있었다.

나는 내가 지구 위에 살며 내가 이렇게 살고 있는 지구가 질풍신뢰의 속력으로 광대무변의 공간을 달리고 있다는 것을 생각했을 때 참 허망하였다. 나는 이렇게 부지런한 지구 위에서는 현기증도 날 것 같고 해서 한시바삐 내려버리고 싶었다.

이불 속에서 이런 생각을 하고 난 뒤에는 나는 그 은화를 그 벙어리에 넣고 넣고 하는 것조차가 귀찮아졌다. 나는 아내가 손수 벙어리를 사용하였으면 하고 희망하였다. 벙어리도 돈도 사실에는 아내에게만 필요한 것이지 내게는 애초부터 의미가 전연 없는 것이었으니까 될 수만 있으면 그 벙어리를 아내는 아내 방으로 가져갔으면 하고 기다렸다. 그러나 아내는 가져가지 않는다. 나는 내가 아내 방으로 가져다 둘까 하고 생각하여 보았으나 그즈음에는 아내의 내객이 원체 많아서 내가 아내 방에 가볼 기회가 도무지 없었다. 그래서 나는 하는 수 없이 변소에 갖다 집어넣어 버리고 만 것이다.

나는 서글픈 마음으로 아내의 꾸지람을 기다렸다. 그러나 아내는 끝내 아무 말도 나에게 묻지도 하지도 않았다. 않았을 뿐 아니

라 여전히 돈은 돈대로 내 머리맡에 놓고 가지 않나? 내 머리맡에
는 어느덧 은화가 꽤 많이 모였다.

　내객이 아내에게 돈을 놓고 가는 것이나 아내가 내게 돈을 놓고
가는 것이나 일종의 쾌감— 그 외의 다른 아무런 이유도 없는 것
이 아닐까 하는 것을 나는 또 이불 속에서 연구하기 시작하였다.
쾌감이라면 어떤 종류의 쾌감일까를 계속하여 연구하였다. 그러나
그것은 이불 속의 연구로는 알 길이 없었다. 쾌감, 쾌감, 하고 나는
뜻밖에도 이 문제에 대해서만 흥미를 느꼈다.
　아내는 물론 나를 늘 감금하여 두다시피 하여 왔다. 내게 불평
이 있을 리 없다. 그런 중에도 나는 그 쾌감이라는 것의 유무를
체험하고 싶었다.

　나는 아내의 밤 외출 틈을 타서 밖으로 나왔다. 나는 거리에서
잊어버리지 않고 가지고 나온 은화를 지폐로 바꾼다. 오 원이나 된
다. 그것을 주머니에 넣고 나는 목적을 잃어버리기 위하여 얼마든

지 거리를 쏘다녔다. 오래간만에 보는 거리는 거의 경이에 가까울 만치 내 신경을 흥분시키지 않고는 마지않았다. 나는 금시에 피곤하여 버렸다. 그러나 나는 참았다. 그리고 밤이 이슥하도록 까닭을 잃어버린 채 이 거리 저 거리로 지향 없이 헤매었다. 돈은 물론 한 푼도 쓰지 않았다. 돈을 쓸 아무 엄두도 나서지 않았다. 나는 벌써 돈을 쓰는 기능을 완전히 상실한 것 같았다.

나는 과연 피로를 이 이상 견디기가 어려웠다. 나는 가까스로 내 집을 찾았다. 나는 내 방으로 가려면 아내 방을 통과하지 아니하면 안 될 것을 알고, 아내에게 내객이 있나 없나를 걱정하면서 미닫이 앞에서 좀 거북살스럽게 기침을 한 번 했더니, 이것은 참 또 너무 암상스럽게 미닫이가 열리면서 아내의 얼굴과 그 등 뒤에 낯선 남자의 얼굴이 이쪽을 내다보는 것이다. 나는 별안간 내어 쏟아지는 불빛에 눈이 부셔서 좀 머뭇머뭇했다.

나는 아내의 눈초리를 못 본 것은 아니다. 그러나 나는 모른 체

하는 수밖에 없었다. 왜? 나는 어쨌든 아내의 방을 통과하지 아니 하면 안 되니까…….

나는 이불을 뒤집어썼다. 무엇보다도 다리가 아파서 견딜 수가 없었다. 이불 속에서는 가슴이 울렁거리면서 암만해도 까무러칠 것만 같았다. 걸을 때는 몰랐더니 숨이 차다. 등에 식은땀이 쭉 내 밴다. 나는 외출한 것을 후회하였다. 이런 피로를 잊고 어서 잠이 들었으면 좋았다. 한잠 잘― 자고 싶었다.

얼마 동안이나 비스듬히 엎드려 있었더니 차츰차츰 뚝딱거리는 가슴 동기가 가라앉는다. 그만해도 우선 살 것 같았다. 나는 몸을 돌려 반듯이 천장을 향하여 눕고 쭉― 다리를 뻗었다.

그러나 나는 또다시 가슴의 동기를 피할 수 없게 되었다. 아랫방 에서 아내와 그 남자의 내 귀에도 들리지 않을 만치 옅은 목소리 로 소곤거리는 기척이 장지 틈으로 전하여 왔던 것이다. 청각을 더 예민하게 하기 위하여 나는 눈을 떴다. 그리고 숨을 죽였다. 그러 나 그때는 벌써 아내와 남자는 앉았던 자리를 툭툭 털며 일어섰 고, 일어서면서 옷과 모자 쓰는 기척이 나는 듯하더니 이어 미닫 이가 열리고 구두 뒤축 소리가 나고, 그리고 뜰에 내려서는 소리 가 쿵 하고 나면서 뒤를 따르는 아내의 고무신 소리가 두어 발자 국 찍찍 나고 사뿐사뿐 나나 하는 사이에 두 사람의 발소리가 대 문간 쪽으로 사라졌다.

나는 아내의 이런 태도를 본 일이 없다. 아내는 어떤 사람과도 결코 소곤거리는 법이 없다. 나는 윗방에서 이불을 쓰고 누웠는 동안에도 혹 술이 취해서 혀가 잘 돌아가지 않는 내객들의 담화는 더러 놓치는 수가 있어도 아내의 높지도 얕지도 않은 말소리는 일찍이 한마디도 놓쳐본 일이 없다. 더러 내 귀에 거슬리는 소리가 있어도 나는 그것이 태연한 목소리로 내 귀에 들렸다는 이유로 충분히 안심이 되었다.

그렇던 아내의 이런 태도는 필시 그 속에 여간하지 않은 사정이 있는 듯싶이 생각이 되고 내 마음은 좀 서운했으나, 그러나 그보다도 나는 좀 너무 피곤해서 오늘만은 이불 속에서 아무것도 연구치 않기로 굳게 결심하고 잠을 기다렸다. 잠은 좀처럼 오지 않았다. 대문간에 나간 아내도 좀처럼 들어오지 않았다. 그러는 동안에 흐지부지 나는 잠이 들어버렸다. 꿈에 얼쑹덜쑹 종을 잡을 수 없는 거리의 풍경을 여전히 헤맸다.

나는 몹시 흔들렸다. 내객을 보내고 들어온 아내가 잠든 나를 잡아 흔드는 것이다. 나는 눈을 번쩍 뜨고 아내의 얼굴을 쳐다보았다. 아내의 얼굴에는 웃음이 없다. 나는 좀 눈을 비비고 아내의 얼굴을 자세히 보았다. 노기가 눈초리에 떠서 얇은 입술이 바르르 떨린다. 좀처럼 이 노기가 풀리기는 어려울 것 같았다. 나는 그대로 눈을 감아버렸다. 벼락이 내리기를 기다린 것이다. 그러나 쌔근하는 숨소리가 나면서 푸시시 아내의 치맛자락 소리가 나고 장지가 여닫히며 아내는 아내 방으로 돌아갔다. 나는 다시 몸을 돌려 이불을 뒤집어쓰고는 개구리처럼 엎드리고, 엎드려서 배가 고픈 가운데에도 오늘 밤의 외출을 또 한 번 후회하였다.

나는 이불 속에서 아내에게 사죄하였다. 그것은 네 오해라고……

나는 사실 밤이 퍽이나 이슥한 줄만 알았던 것이다. 그것이 네 말마따나 자정 전인 줄은 나는 정말이지 꿈에도 몰랐다. 나는 너무 피곤하였다. 오래간만에 나는 너무 많이 걸은 것이 잘못이다. 내 잘못이라면 잘못은 그것밖에는 없다. 외출은 왜 하였더냐고?

나는 그 머리맡에 저절로 모인 오 원 돈을 아무에게라도 좋으니 주어보고 싶었던 것이다. 그뿐이다. 그러나 그것도 내 잘못이라면 나는 그렇게 알겠다. 나는 후회하고 있지 않나?

내가 그 오 원 돈을 써버릴 수가 있었던들 나는 자정 안에 집에 돌아올 수 없었을 것이다. 그러나 거리는 너무 복잡하였고 사람은 너무도 들끓었다. 나는 어느 사람을 붙들고 그 오 원 돈을 내어주어야 할지 갈피를 잡을 수가 없었다. 그러는 동안에 나는 여지없이 피곤해 버리고 말았던 것이다.

나는 무엇보다도 좀 쉬고 싶었다. 눕고 싶었다. 그래서 나는 하는 수 없이 집으로 돌아온 것이다. 내 짐작 같아서는 밤이 어지간히 늦은 줄만 알았는데, 그것이 불행히도 자정 전이었다는 것은 참 안된 일이다. 미안한 일이다. 나는 얼마든지 사죄하여도 좋다. 그러나 종시 아내의 오해를 풀지 못하였다 하면 내가 이렇게까지 사죄하는 보람은 그럼 어디 있나? 한심하였다.

한 시간 동안을 나는 이렇게 초조하게 굴지 않으면 안 되었다. 나는 이불을 획 젖혀버리고 일어나서 장지를 열고 아내 방으로 비칠비칠 달려갔던 것이다. 내게는 거의 의식이라는 것이 없었다. 나는 아내 이불 위에 엎드러지면서 바지 포켓 속에서 그 돈 오 원을 꺼내 아내 손에 쥐여준 것을 간신히 기억할 뿐이다.

이튿날 잠이 깨었을 때 나는 내 아내 방 아내 이불 속에 있었다. 이것이 이 33번지에서 살기 시작한 이래 내가 아내 방에서 잔 맨 처음이었다.

해가 들창에 훨씬 높았는데 아내는 이미 외출하고 벌써 내 곁에 있지는 않다. 아니! 아내는 엊저녁 내가 의식을 잃은 동안에 외출한 것인지도 모른다. 그러나 나는 그런 것을 조사하고 싶지 않았다. 다만 전신이 찌뿌드드한 것이 손가락 하나 꼼짝할 힘조차 없었다. 책보보다 좀 작은 면적의 별이 눈이 부시다. 그 속에서 수없이 먼지가 흡사 미생물처럼 난무한다. 코가 콱 막히는 것 같다. 나는 다시 눈을 감고 이불을 푹 뒤집어쓰고 낮잠을 자기에 착수하였다. 그러나 코를 스치는 아내의 체취는 꽤 도발적이었다. 나는 몸을 여러 번 여러 번 비비 꼬면서 아내의 화장대에 늘어선 그 가지각색 화장품 병들과 그 병들이 마개를 뽑았을 때 풍기던 냄새를 더듬느라고 좀처럼 잠이 들지 않는 것을 나는 어찌하는 수도 없었다.

견디다 못하여 나는 그만 이불을 걷어차고 벌떡 일어나서 내 방으로 갔다. 내 방에는 다 식어 빠진 내 끼니가 가지런히 놓여 있는 것이다. 아내는 내 모이를 여기다 주고 나간 것이다. 나는 우선 배

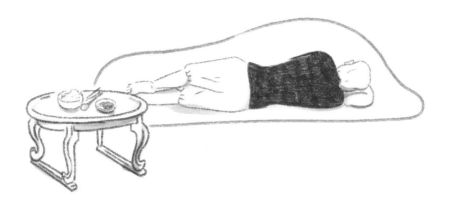

가 고팠다. 한 숟갈을 입에 떠 넣었을 때 그 촉감은 참 너무도 냉회와 같이 써늘하였다. 나는 숟갈을 놓고 내 이불 속으로 들어갔다. 하룻밤을 비워버린 내 이부자리는 여전히 반갑게 나를 맞아준다. 나는 내 이불을 뒤집어쓰고 이번에는 참 늘어지게 한잠 잤다. 잘—

내가 잠을 깬 것은 전등이 켜진 뒤다. 그러나 아내는 아직도 돌아오지 않았나 보다. 아니! 들어왔다 또 나갔는지도 알 수 없다. 그러나 그런 것을 삼고하여 무엇 하나?

정신이 한결 난다. 나는 지난밤 일을 생각해 보았다. 그 돈 오 원을 아내 손에 쥐여주고 넘어졌을 때에 느낄 수 있었던 쾌감을 나는 무엇이라고 설명할 수가 없었다. 그러나 내객들이 내 아내에게 돈 놓고 가는 심치며 내 아내가 내게 돈 놓고 가는 심리의 비밀을 나는 알아낸 것 같아서 여간 즐거운 것이 아니다. 나는 속으로 빙그레 웃어보았다. 이런 것을 모르고 오늘까지 지내온 나 자신이 어떻게 우스꽝스러워 보이는지 몰랐다. 나는 어깨춤이 났다.

따라서 나는 또 오늘 밤에도 외출하고 싶었다. 그러나 돈이 없다. 나는 엊저녁에 그 돈 오 원을 한꺼번에 아내에게 주어버린 것을 후회하였다. 또 그 벙어리를 변소에 갖다 처넣어 버린 것도 후회하였다. 나는 실없이 실망하면서 습관처럼 그 돈 오 원이 들어 있던 내 바지 포켓에 손을 넣어 한번 휘둘러 보았다. 뜻밖에도 내 손에 쥐어지는 것이 있었다. 이 원밖에 없다. 그러나 많아야 맛은 아니다. 얼마간이고 있으면 된다. 나는 그만한 것이 여간 고마운 것이 아니었다.

나는 기운을 얻었다. 나는 그 단벌 다 떨어진 코르덴 양복을 걸치고 배고픈 것도 주제 사나운 것도 다 잊어버리고 활갯짓을 하면서 또 거리로 나섰다. 나서면서 나는 제발 시간이 화살 닿듯 해서 자정이 어서 왁 지나버렸으면 하고 조바심을 태웠다. 아내에게 돈을 주고 아내 방에서 자보는 것은 어디까지든지 좋았지만, 만일 잘못해서 자정 전에 집에 들어갔다가 아내의 눈총을 맞는 것은, 그것은 여간 무서운 일이 아니었다. 나는 저물도록 길가 시계를 들여다보고 들여다보고 하면서 또 지향 없이 거리를 방황하였다. 그러나 이날은 좀처럼 피곤하지는 않았다. 다만 시간이 좀 너무 더디게 가는 것만 같아서 안타까웠다.

경성역 시계가 확실히 자정이 지난 것을 본 뒤에 나는 집으로 향하였다. 그날은 그 일각대문에서 아내와 아내의 남자가 이야기하고 섰는 것을 만났다. 나는 모른 체하고 두 사람 곁을 지나서 내 방으로 들어갔다. 뒤이어 아내도 들어왔다. 와서는 이 밤중에 평생안 하던 쓰레질을 하는 것이다. 조금 있다가 아내가 눕는 기척을 엿듣자마자 나는 또 장지를 열고 아내 방으로 가서 그 돈 이 원을 아내 손에 덥석 쥐여 주고 그리고(하여간 그이 원을 오늘 밤에도 쓰지 않고 도로 가져온 것이 참 이상하다는 듯이 아내는 내 얼굴을 몇 번이고 엿보고) 아내는 드디어 아무 말도 없이 나를 자기 방에 재워주었다. 나는 이기쁨을 세상의 무엇과도 바꾸고 싶지는 않았다. 나는 편히 잘 잤다.

　이튿날도 내가 잠이 깨었을 때는 아내는 보이지 않았다. 나는 또 내 방으로 가서 피곤한 몸이 낮잠을 잤다.

　내가 아내에게 흔들려 깨었을 때는 역시 불이 들어온 뒤였다. 아내는 자기 방으로 나를 오라는 것이다. 이런 일은 또 처음이다. 아내는 끊임없이 얼굴에 미소를 띠고 내 팔을 이끄는 것이다. 나는 이런 아내의 태도 이면에 엔간치 않은 음모가 숨어 있지나 않은가 하고 적이 불안을 느끼지 않을 수 없었다.

　나는 아내의 하자는 대로 아내 방으로 끌려갔다. 아내 방에는 저녁 밥상이 조촐하게 차려져 있는 것이다. 생각하여 보면 나는 이틀을 굶었다. 나는 지금 배고픈 것까지도 긴가민가 잊어버리고 어름어름하던 차다.

　나는 생각하였다. 이 최후의 만찬을 먹고 나자마자 벼락이 내려도 나는 차라리 후회하지 않을 것을. 사실 나는 인간 세상이 너무나 심심해서 못 견디겠던 차다. 모든 일이 성가시고 귀찮았으나, 그러나 불의의 재난이라는 것은 즐겁다.

　나는 마음을 턱 놓고 조용히 아내와 마주 이 해괴한 저녁밥을 먹었다. 우리 부부는 이야기하는 법이 없었다. 밥을 먹은 뒤에도 나는 말이 없이 그냥 부스스 일어나서 내 방으로 건너가 버렸다. 아내는 나를 붙잡지 않았다. 나는 벽에 기대어 앉아서 담배를 한 대 피워 물고, 그리고 '벼락이 떨어질 테거든 어서 떨어져라.' 하고 기다렸다.

5분! 10분!—

그러나 벼락은 내리지 않았다. 긴장이 차츰 늘어지기 시작한다. 나는 어느덧 오늘 밤에도 외출할 것을 생각하고 있었다. 돈이 있었으면 하고 생각하고 있었다.

그러나 돈은 확실히 없다. 오늘은 외출하여도 나중에 올 무슨 기쁨이 있나? 나는 앞이 그냥 아뜩하였다. 나는 화가 나서 이불을 뒤집어쓰고 이리 뒹굴 저리 뒹굴 굴렀다. 금시 먹은 밥이 목으로 자꾸 치밀어 올라온다. 메스꺼웠다.

하늘에서 얼마라도 좋으니 왜 지폐가 소낙비처럼 퍼붓지 않나? 그것이 그저 한없이 야속하고 슬펐다. 나는 이렇게밖에 돈을 구하는 아무런 방법도 알지는 못했다. 나는 이불 속에서 좀 울었나 보다. 돈이 왜 없느냐면서…….

그랬더니 아내가 또 내 방에를 왔다. 나는 깜짝 놀라 아마 인제서야 벼락이 내리려나 보다 하고 숨을 죽이고 두꺼비 모양으로 엎드려 있었다. 그러나 떨어진 입을 새어 나오는 아내의 말소리는 참 부드러웠다. 정다웠다. 아내는 내가 왜 우는지를 안다는 것이다. 돈이 없어서 그러는 게 아니란다. 나는 실없이 깜짝 놀랐다. 어떻게 저렇게 사람의 속을 환하게 들여다보는가 해서. 나는 한편으로 슬그머니 겁도 안 나는 것은 아니었으나 저렇게 말하는 것을 보면 아마 내게 돈을 줄 생각이 있나 보다. 만일 그렇다면 오죽이나 좋은 일일까. 나는 이불 속에 뚤뚤 말린 채 고개도 들지 않고 아내의 다음 거동을 기다리고 있으니까, "옜소—." 하고 내 머리맡에 내려뜨리는 것은 그 가뿐한 음향으로 보아 지폐가 틀림없었다. 그리고 내 귀에다 대고 오늘을랑 어제보다도 좀 더 늦게 돌아와도 좋다고 속삭이는 것이다. 그것은 어렵지 않다. 우선 그 돈이 무엇보다도 고맙고 반가웠다.

어쨌든 나섰다. 나는 좀 야맹증이다. 그래서 될 수 있는 대로 밝은 거리로 골라서 돌아다니기로 했다. 그러고는 경성역 일이등대합실 한 곁 티룸에를 들렀다. 그것은 내게는 큰 발견이었다. 거기는 우선 아무도 아는 사람이 안 온다. 설사 왔다가도 곧들 가니까 좋다. 나는 날마다 여기 와서 시간을 보내리라 속으로 생각하여 두었다.

제일, 여기 시계가 어느 시계보다도 정확하리라는 것이 좋았다. 섣불리 서투른 시계를 보고 그것을 믿고 시간 전에 집에 돌아갔다가 큰코를 다쳐서는 안 된다.

나는 한 박스에 아무것도 없는 것과 마주 앉아서 잘 끓은 커피를 마셨다. 총총한 가운데 여객들은 그래도 한 잔 커피가 즐거운가 보다. 얼른얼른 마시고 무얼 좀 생각하는 것같이 담벼락도 좀 쳐다보고 하다가 곧 나가버린다. 서글프다. 그러나 내게는 이 서글픈 분위기가 거리의 티룸들의 그 거추장스러운 분위기보다는 절실하고 마음에 들었다. 이따금 들리는 날카로운 혹은 우렁찬 기적 소리가 모차르트보다도 더 가깝다. 나는 메뉴에 적힌 몇 가지 안 되는 음식 이름을 치읽고 내리읽고 여러 번 읽었다. 그것들은 아물아물한 것이 어딘가 내 어렸을 때 동무들 이름과 비슷한 데가 있었다.

거기서 얼마나 내가 오래 앉았는지 정신이 오락가락하는 중에 객이 슬며시 뜸해지면서 이 구석 저 구석 걷어치우기 시작하는 것을 보면 아마 닫을 시간이 된 모양이다. 열한 시가 좀 지났구나. 여기도 결코 내 안주의 곳은 아니구나, 어디 가서 자정을 넘길까, 두루 걱정을 하면서 나는 밖으로 나섰다. 비가 온다. 빗발이 제법 굵은 것이 우비도 우산도 없는 나를 고생을 시킬 작정이다. 그렇다고 이런 괴이한 풍모를 차리고 이 홀에서 어물어물하는 수는 없고 '에이 비를 맞으면 맞았지.' 하고 나는 그냥 나서버렸다.

대단히 선선해서 견딜 수가 없다. 코르텐 옷이 젖기 시작하더니 나중에는 속속들이 스며들면서 처근거린다. 비를 맞아가면서라도 견딜 수 있는 데까지 거리를 돌아다녀서 시간을 보내려 하였으나, 인제는 선선해서 이 이상은 더 견딜 수가 없다. 오한이 자꾸 일어나면서 이가 딱딱 맞부딪는다.

나는 걸음을 재우치면서 생각하였다. '오늘 같은 궂은날도 아내에게 내객이 있을라구? 없겠지.' 하는 생각이 드는 것이다. 집으로 가야겠다. 아내에게 불행히 내객이 있거든 내 사정을 하리라. 사정을 하면 이렇게 비가 오는 것을 눈으로 보고 알아주겠지.

부리나케 와보니까, 그러나 아내에게는 내객이 있었다. 나는 그만 너무 춥고 척척해서 얼떨결에 노크하는 것을 잊었다. 그래서 나는 보면 아내가 좀 덜 좋아할 것을 그만 보았다. 나는 감발 자국 같은 발자국을 내면서 덤벙덤벙 아내 방을 디디고, 그리고 내 방으로 가서 쭉 빠진 옷을 활활 벗어버리고 이불을 뒤썼다. 덜덜덜덜 떨린다. 오한이 점점 더 심해 들어온다. 땅이 꺼져 들어가는 것만 같았다. 나는 그만 의식을 잃어버리고 말았다.

이튿날 내가 눈을 떴을 때 아내는 내 머리맡에 앉아서 제법 근심스러운 얼굴이다. 나는 감기가 들었다. 여전히 으스스 춥고 또 골치가 아프고 입에 군침이 도는 것이 쓸쓸하면서 다리팔이 척 늘어져서 노곤하다.

아내는 내 머리를 쓱 짚어보더니 "약을 먹어야지." 한다. 아내 손이 이마에 선뜩한 것을 보면 신열이 어지간한 모양인데, '약을 먹는다면 해열제를 먹어야지.' 하고 속생각을 하자니까 아내는 따뜻한 물에 하얀 정제약 네 개를 준다. 이것을 먹고 한잠 푹— 자고 나면 괜찮다는 것이다. 나는 널름 받아먹었다. 쌉싸름한 것이 짐작 같아서는 아마 아스피린인가 싶다. 나는 다시 이불을 쓰고 단번에 그냥 죽은 것처럼 잠이 들어버렸다.

나는 콧물을 훌쩍훌쩍하면서 여러 닐을 앓았다. 앓는 동안에 끊이지 않고 그 정제약을 먹었다. 그러는 동안에 감기도 나았다. 그러나 입맛은 여전히 소태처럼 썼다.

나는 차츰 또 외출하고 싶은 생각이 났다. 그러나 아내는 나더러 외출하지 말라고 이르는 것이다. 이 약을 날마다 먹고, 그리고 가만히 누워 있으라는 것이다. 공연히 외출을 하다가 이렇게 감기가 들어서 저를 고생을 시키는 게 아니냔다. 그도 그렇다. 그럼 외출을 하지 않겠다고 맹서하고 그 약을 연복하여 몸을 좀 보해보리라고 나는 생각하였다.

나는 날마다 이불을 뒤집어쓰고 밤이나 낮이나 잤다. 유난스럽게 밤이나 낮이나 졸려서 견딜 수가 없는 것이다. 나는 이렇게 잠이 자꾸만 오는 것은 내가 몸이 훨씬 튼튼해진 증거라고 굳게 믿었다.

나는 아마 한 달이나 이렇게 지냈나 보다. 내 머리와 수염이 좀 너무 자라서 후틋해서 견딜 수가 없어서, 내 거울을 좀 보리라고 아내가 외출한 틈을 타서 나는 아내 방으로 가서 아내의 화장대 앞에 앉아보았다. 상당하다. 수염과 머리가 참 산란하였다. 오늘은 이발을 좀 하리라 생각하고 겸사겸사 그 화장품 병들 마개를 뽑고 이것저것 맡아보았다. 한동안 잊어버렸던 향기 가운데서는 몸이 배배 꼬일 것 같은 체취가 전해 나왔다. 나는 아내의 이름을 속으로만 한번 불러보았다. '연심이!' 하고…….

오래간만에 돋보기 장난도 하였다. 거울 장난도 하였다. 창에 든 볕이 여간 따뜻한 것이 아니었다. 생각하면 오월이 아니냐.

나는 커다랗게 기지개를 한번 펴보고 아내 베개를 내려 베고 벌떡 자빠져서는 이렇게도 편안하고 즐거운 세월을 하느님께 흠씬 자랑하여 주고 싶었다. 나는 참 세상의 아무것과도 교섭을 가지지 않는다. 하느님도 아마 나를 칭찬할 수도 처벌할 수도 없는 것 같다.

그러나 다음 순간 실로 세상에도 이상스러운 것이 눈에 띄었다. 그것은 최면약 아달린 갑이었다. 나는 그것을 아내의 화장대 밑에서 발견하고 그것이 흡사 아스피린처럼 생겼다고 느꼈다. 나는 그것을 열어보았다. 꼭 네 개가 비었다.

나는 오늘 아침에 네 개의 아스피린을 먹은 것을 기억하고 있었다. 나는 잤다. 어제도 그제도 그끄제도― 나는 졸려서 견딜 수가 없었다. 나는 감기가 다 나았는데도 아내는 내게 아스피린을 주었다. 내가 잠이 든 동

안에 이웃에 불이 난 일이 있다. 그때에도 나는 자느라고 몰랐다. 이렇게 나는 잤다. 나는 아스피린으로 알고 그럼 한 달 동안을 두고 아달린을 먹어온 것이다. 이것은 좀 너무 심하다.

별안간 아뜩하더니 하마터면 나는 까무러칠 뻔하였다. 나는 그 아달린을 주머니에 넣고 집을 나섰다. 그리고 산을 찾아 올라갔다. 인간 세상의 아무것도 보기가 싫었던 것이다. 걸으면서 나는 아무쪼록 아내에 관계되는 일은 일절 생각하지 않도록 노력하였다. 길에서 까무러치기 쉬우니까다. 나는 어디라도 양지가 바른 자리를 하나 골라서 자리를 잡아가지고 서서히 아내에 관하여서 연구할 작정이었다. 나는 길가의 돌창, 핀 구경도 못 한 진개나리꽃, 종달새, 돌멩이도 새끼를 까는 이야기, 이런 것만 생각하였다. 다행히 길가에서 나는 졸도하지 않았다.

거기는 벤치가 있었다. 나는 거기 정좌하고 그리고 그 아스피린과 아달린에 관하여 연구하였다. 그러나 머리가 도무지 혼란하여 생각이 체계를 이루지 않는다. 단 오 분이 못 가서 나는 그만 귀찮은 생각이 번쩍 들면서 심술이 났다. 나는 주머니에서 가지고 온 아달린을 꺼내 남은 여섯 개를 한꺼번에 질경질경 씹어 먹어버렸다. 맛이 익살맞다. 그러고 나서 나는 그 벤치 위에 가로 기다랗게 누웠다. 무슨 생각으로 내가 그따위 짓을 했나? 알 수가 없다. 그저 그러고 싶었다. 나는 게서 그냥 깊이 잠이 들었다. 잠결에도 바위틈을 흐르는 물소리가 졸졸 하고 귀에 언제까지나 어렴풋이 들려왔다.

내가 잠을 깨었을 때는 날이 환히 밝은 뒤다. 나는 거기서 일주

야를 잔 것이다. 풍경이 그냥 노랗게 보인다. 그 속에서도 나는 번개처럼 아스피린과 아달린이 생각났다.

아스피린, 아달린, 아스피린, 아달린, 마르크스, 말사스, 마도로스, 아스피린, 아달린.

아내는 한 달 동안 아달린을 아스피린이라고 속이고 내게 먹였다. 그것은 아내 방에서 이 아달린 갑이 발견된 것으로 미루어 증거가 너무나 확실하다.

무슨 목적으로 아내는 나를 밤이나 낮이나 재웠어야 됐나?

나를 밤이나 낮이나 재워놓고, 그리고 아내는 내가 자는 동안에 무슨 짓을 했나?

나를 조금씩 조금씩 죽이려던 것일까?

그러나 또 생각하여 보면 내가 한 달을 두고 먹어온 것은 아스피린이었는지도 모른다. 아내는 무슨 근심되는 일이 있어서 밤이면 잠이 잘 오지 않아서 정작 아내가 아달린을 사용한 것이나 아닌지, 그렇다면 나는 참 미안하다. 나는 아내에게 이렇게 큰 의혹을 가졌었다는 것이 참 안됐다.

나는 그래서 부리나케 거기서 내려왔다. 아랫도리가 홰홰 내저이면서 어찔어찔한 것을 나는 겨우 집을 향하여 걸었다. 여덟 시 가까이였다.

나는 내 잘못 든 생각을 죄다 일러바치고 아내에게 사죄하려는 것이다. 나는 너무 급해서 그만 또 말을 잊어버렸다.

그랬더니 이건 참 너무 큰일 났다. 나는 내 눈으로는 절대로 보아서 안 될 것을 그만 딱 보아버리고 만 것이다. 나는 얼떨결에 그만 냉큼 미닫이를 닫고 그리고 현기증이 나는 것을 진정시키느라고 잠깐 고개를 숙이고 눈을 감고 기둥을 짚고 섰자니까, 일 초 여유도 없이 홱 미닫이가 다시 열리더니 매무새를 풀어헤친 아내가 불쑥 내밀면서 내 멱살을 잡는 것이다. 나는 그만 어지러워서 게가 그냥 나둥그러졌다. 그랬더니 아내는 넘어진 내 위에 덮치면서 내 살을 함부로 물어뜯는 것이다. 아파 죽겠다. 나는 사실 반항할 의사도 힘도 없어서 그냥 넙적 엎드려 있으면서 어떻게 되나 보고 있자니까, 뒤이어 남자가 나오는 것 같더니 아내를 한 아름에 덥석

안아가지고 방 안으로 들어가는 것이다. 아내는 아무 말 없이 다소곳이 그렇게 안겨 들어가는 것이 내 눈에 여간 미운 것이 아니다. 밉다.

아내는 너 밤새워 가면서 도적질하러 다니느냐, 계집질하러 다니느냐고 발악이다. 이것은 참 너무 억울하다. 나는 어안이 벙벙하여 도무지 입이 떨어지지를 않았다.

너는 그야말로 나를 살해하려던 것이 아니냐고 소리를 한번 꽥 질러보고도 싶었으나, 그런 긴가민가한 소리를 섣불리 입 밖에 내었다가는 무슨 화를 볼는지 알 수 있나. 차라리 억울하지만 잠자코 있는 것이 우선 상책인 듯싶이 생각이 들길래, 나는 이것은 또 무슨 생각으로 그랬는지 모르지만 툭툭 털고 일어나서 내 바지 포켓 속에 남은 돈 몇 원 몇십 전을 가만히 꺼내서는 몰래 미닫이를 열고 살며시 문지방 밑에다 놓고 나서는 나는 그냥 줄달음박질을 쳐서 나와버렸다.

여러 번 자동차에 치일 뻔하면서 나는 그래도 경성역을 찾아갔다. 빈자리와 마주 앉아서 이 쓰디쓴 입맛을 거두기 위하여 무엇으로나 입가심을 하고 싶었다.

커피! 좋다. 그러나 경성역 홀에 한 걸음을 들여놓았을 때 나는 내 주머니에는 돈이 한 푼도 없는 것을, 그것을 깜박 잊었던 것을 깨달았다. 또 아뜩하였다. 나는 어디선가 그저 맥없이 머뭇머뭇하면서 어쩔 줄을 모를 뿐이었다. 얼빠진 사람처럼 그저 이리 갔다 저리 갔다 하면서…….

나는 어디로 어디로 들입다 쏘다녔는지 하나도 모른다. 다만 몇 시간 후에 내가 미쓰코시 옥상에 있는 것을 깨달았을 때는 거의 대낮이었다.

나는 거기 아무 데나 주저앉아서 내 자라온 스물여섯 해를 회고하여 보았다. 몽롱한 기억 속에서는 이렇다는 아무 제목도 불거져 나오지 않았다.

나는 또 나 자신에게 물어보았다. 너는 인생에 무슨 욕심이 있느냐고. 그러나 있다고도 없다고도, 그런 대답은 하기가 싫었다. 나는 거의 나 자신의 존재를 인식하기조차도 어려웠다.

허리를 굽혀서 나는 그저 금붕어나 들여다보고 있었다. 금붕어는 참 잘들도 생겼다. 작은 놈은 작은 놈대로 큰 놈은 큰 놈대로 다— 싱싱하니 보기 좋았다. 내리비치는 오월 햇살에 금붕어들은 그릇 바탕에 그림자를 내려뜨렸다. 지느러미는 하늘하늘 손수건을 흔드는 흉내를 낸다. 나는 이 지느러미 수효를 세어보기도 하면서 굽힌 허리를 좀처럼 펴지 않았다. 등어리가 따뜻하다.

나는 또 회탁의 거리를 내려다보았다. 거기서는 피곤한 생활이 똑 금붕어 지느러미처럼 흐늑흐늑 허비적거렸다. 눈에 보이지 않는 끈적끈적한 줄에 엉켜서 헤어나지들을 못한다. 나는 피로와 공복 때문에 무너져 들어가는 몸뚱이를 끌고 그 회탁의 거리 속으로 섞여 들어가지 않는 수도 없다 생각하였다.

나서서 나는 또 문득 생각하여 보았다. 이 발길이 지금 어디로 향하여 가는 것인가를…….

그때 내 눈앞에는 아내의 모가지가 벼락처럼 내려 떨어졌다. 아스피린과 아달린.

우리들은 서로 오해하고 있느니라. 설마 아내가 아스피린 대신에 아달린의 정량을 나에게 먹여왔을까? 나는 그것을 믿을 수는 없다. 아내가 대체 그럴 까닭이 없을 것이니.

그러면 나는 날밤을 새우면서 도적질을, 계집질을 하였나? 정말이지 아니다.

우리 부부는 숙명적으로 발이 맞지 않는 절름발이인 것이다. 나나 아내나 제 거동에 로직을 붙일 필요는 없다. 변해할 필요도 없다. 사실은 사실대로 오해는 오해대로 그저 끝없이 발을 절뚝거리

면서 세상을 걸어가면 되는 것이다. 그렇지 않을까?

그러나 나는 이 발길이 아내에게로 돌아가야 옳은가, 이것만은 분간하기가 좀 어려웠다. 가야 하나? 그럼 어디로 가나?

이때 뚜— 하고 정오 사이렌이 울었다. 사람들은 모두 네 활개를 펴고 닭처럼 푸드덕거리는 것 같고 온갖 유리와 강철과 대리석과 지폐와 잉크가 부글부글 끓고 수선을 떨고 하는 것 같은 찰나, 그야말로 현란을 극한 정오다.

나는 불현듯이 겨드랑이가 가렵다. 아하, 그것은 내 인공의 날개가 돋았던 자국이다. 오늘은 없는 이 날개. 머릿속에서는 희망과 야심이 말소된 페이지가 딕셔너리 넘어가듯 번뜩였다.

나는 걷던 걸음을 멈추고, 그리고 어디 한번 이렇게 외쳐보고 싶었다.

날개야 다시 돋아라.

날자. 날자. 날자. 한 번만 더 날자꾸나.

한 번만 더 날아보자꾸나.

- 《조광》 1936년 9월호에 실린 글을 바탕으로 함.

감발 주로 먼 길을 걷거나 막일을 할 때 쓰는, 버선이나 양말 대신 발에 감는 좁고 긴 무명천.

거반 '거의 절반, 절반 가까이'의 뜻. 여기에서는 '거의, 대부분'의 뜻으로 쓰임.

거북살스럽다 어색하다. 부자연스럽다.

경편(輕便)하다 가볍고 편하다.

고소(苦笑) 어이가 없거나 마지못해 짓는 웃음. 쓴웃음.

광대무변(廣大無邊) 넓고 커서 끝이 없음. 끝없이 넓음.

극(極)하다 더할 수 없는 정도에 이르다.

난무(亂舞)하다 어지럽게 춤을 추다.

내저이다 내저어지다.

냉회(冷灰) 불기운이 전혀 없는 차가워진 재.

누깔잠 눈깔 비녀. 한쪽 끝이 눈알처럼 둥글게 생긴 비녀.

돌창 도랑, 개울.

동기(動氣) 두근거림.

동체(胴體) 몸, 몸통.

들입다 마구, 막.

들창 들어 올려서 여는 창.

딱지 담뱃갑에 든 여러 가지의 그림 딱지.

뜨물 곡식을 씻어내고 나서 뿌옇게 된 물.

로직 논리. 타당성.

무사하다 나쁜 마음이 없다.

미쓰코시 1929년 경성에 세워진 근대식 대형 백화점.

백인당, 길상당 '백인'은 '온갖 어려움을 참고 견디어냄', '길상'은 '운수가 좋은 조짐'을 이르는 말.

변해하다 변명하다, 자세히 밝히다, 설명하다.

비웃 청어. 식료품으로서의 생선을 비웃, 말린 것을 관목이라 함.

박스 box. 테이블과 의자가 놓인 자리.

사루마다 허리에서 허벅지까지 덮는 남성용 속옷을 이르는 일본말.

삼고(三考)하다 세 번 생각하다, 여러 번 생각하다.

선뜩하다 서늘하다, 꽤 차갑다.

소태 소태나무의 껍질. 약재로 쓰이는데 맛이 아주 쓰다.

스스럽다 부끄럽고 어색하다.

신열(身熱) 병이 났을 때 몸에서 나는 열.

심치 심지. 마음, 깊은 뜻.

아뜩하다 아찔하다. 정신이 흐려지고 어지럽다.

안력(眼力) 시력.

암상스럽다 마음에 들지 않거나 눈에 거슬리다.

애수 슬픔과 근심.

얼쑹덜쑹 알쏭달쏭. 그런 것 같기도 하고 아닌 것 같기도 하여 얼른 분간이 잘 안 되는 모양.

에다낸 베어내다, 잘라내다. '넷 에다낸 것만 한'은 '네 개를 잘라 붙인 크기 정도의'라는 뜻
으로 보임.

엔간하다 어지간하다, 웬만하다.

여간하다 이러저러하거나 평범하다.

여왕봉(女王蜂) 여왕벌.

연복하다 약을 일정한 기간 동안 계속하여 먹다.

영수(領受)하다 소유하다. 받아들이다.

오한(惡寒) 몸이 오슬오슬 춥고 떨리는 증상.

유곽(遊廓) '노는 곳, 즐기는 곳'이란 뜻으로, 사창가를 이르는 말.

유희심(遊戲心) 장난치며 놀고 싶은 마음.

일각 일각대문(一角大門). 문간이 따로 없이 양쪽에 기둥을 하나씩 세워서 문짝을 단 대문.

일말 한 번 칠한다는 뜻으로, '약간'을 이르는 말.

일주야(一晝夜) 만 하루, 곧 24시간.

자리옷 잠잘 때 입는 옷.

장지 방과 방 사이, 또는 방과 마루 사이에 칸을 막아 끼우는 문.

재우치다 재촉하다. 빨리하게 하다.

정신분일자 '분일'은 '제멋대로 행동함'이라는 뜻을 지니므로, '정신이 자유로운 사람'의 뜻
인 듯함.

제행 모든 행위. 모든 일.

조석밥 날마다 일정한 때에 먹는 밥.

조소(嘲笑) 비웃음.

종시(終是) 끝내, 마침내.

주제 사납다 꼴사납다. 겉모습이 아주 흉하다. '주제'는 '변변하지 못한 몰골이나 몸치장'을
이르는 말.

지리가미 '화장지'를 뜻하는 일본말.

지언(至言) 지극히 당연한 말. 딱 들어맞는 말.

진솔 버선 한 번도 빨지 않은 새 버선.

질풍신뢰(疾風迅雷) '빠르고 거센 바람과 맹렬한 천둥'이라는 뜻으로, 빠르고 심하게 변하는 상태를 이르는 말.

책보 책을 싸는 보자기.

처근거리다 물기가 배어 달라붙다.

총총하다 들어선 모양이 빽빽하다.

치읽다 밑에서 위쪽으로 글을 읽다.

칼표 1897년부터 청나라를 통해 들어온 영국 담배 'PIRATE'. 해적이 칼을 들고 있는 담뱃갑 그림 때문에 '칼표 담배'라고 불렸다.

탕고도오랑 일제강점기 때 화장품의 하나인 '탕고도-랑'. 지금의 파운데이션과 비슷한 화장품.

턱살 창살. 창문에 가로 세로로 지른 가는 나뭇조각.

펀둥펀둥 아무 일도 하지 않고 뻔뻔스럽게 놀기만 하는 모양.

포석 바둑에서, 중반전의 싸움이나 집 차지에 유리하도록 초반에 돌을 벌여놓는 일. '앞날을 위해 미리 손을 써 준비함'을 이르는 말로도 쓰임.

행길 한길. 사람이나 차가 많이 다니는 넓은 길.

허비적거리다 '허느적거리다, 허우적거리다'의 뜻으로 쓰임.

홍소(哄笑) 입을 크게 벌리고 웃거나 떠들썩하게 웃는 웃음.

홰홰 가볍게 자꾸 휘두르거나 휘젓는 모양.

회탁 회색으로 물든 것 같은 혼탁한 분위기.

횟배 회충으로 인한 배앓이.

후틋하다 조금 더운 듯한 느낌이 있다.

묻고 답하며 읽는
〈날개〉

배경

인물·사건

작품

1_ 작품과 친해지기

소설의 앞부분은 대체 무슨 말인가요?

'박제가 되어버린 천재'는 무슨 뜻인가요?

'위트'와 '패러독스', '아이러니'가 무엇인가요?

19세기를 왜 봉쇄해 버리라고 하나요?

'여왕봉'과 '미망인'은 무엇을 뜻하나요?

프롤로그에 유난히 어려운 문장이 있는데, 어떻게 해석하나요?

2_ 작품 속 인물 알아가기

아내가 이런 일을 해도 되는 건가요?

'나'는 왜 하루 종일 잠만 자나요?

'나'는 왜 자꾸 외출을 하나요?

'나'는 왜 날개가 다시 돋기를 바라나요?

'나'와 '아내'는 어떻게 만난 건가요?

3_작품 속 배경 둘러보기

왜 하필 '33번지'예요?

유곽은 어떤 곳인가요?

왜 정오에 사이렌이 울렸나요?

당시 경성의 모습은 어땠나요?

주제

1

작품과 친해지기

소설의 앞부분은 대체 무슨 말인가요?

〈날개〉가 오늘날까지 끊임없이 회자되고 연구되는 이유 중 하나는 해석하기 어려운 소설의 앞부분 때문일 거예요. 학자들이 이 부분을 해석한 결과는 크게 다음과 같이 나누어 볼 수 있어요.

① 소설과는 별개인 작가의 말 또는 머리말
② 소설을 쓴 후 작성한 아포리즘 또는 에피그람(교훈이나 가르침을 주는 말)
③ 소설의 이해를 돕는 프롤로그

이 중 우리는 3번의 입장에서 소설의 앞부분을 볼 거예요. 이제부터 소설의 앞부분을 '프롤로그', '나'의 이야기가 시작되는 부분을 '본문'이라고 부르겠습니다.

프롤로그(prologue)는 소설, 영상 등에서 본격적으로 본편에 들어가기 전에 작품의 내용이나 작가의 의도 등을 해설하는 것입니다. 이와 반대되는 개념은 에필로그(epilogue)예요. 프롤로그에서 독자에게 어떠한 인상을 주었는가에 따라서 독자는 호기심을 느끼며 책을 끝까지 읽어봐야겠다 결심할 수도, 반대로 흥미를 느끼지 못해 덮어버릴 수도 있습니다. 따라서 프롤로그는 작가와 독자 모두에게 중요

한 역할을 합니다.

　이 프롤로그가 인상적인 것으로 손꼽히는 작품 중 하나가 바로 〈날개〉입니다. "박제가 되어버린 천재를 아시오?"로 시작하여 "굿바이"로 끝나는 〈날개〉의 프롤로그는 작품을 읽어보지 않은 사람들도 흔히 들어 익숙할 정도로 유명합니다. 이 기이한 프롤로그를 접하면 당황한 나머지 읽기를 멈추는 사람도 있고, 반대로 더욱 흥미를 갖는 사람도 있습니다. 다만, 두 경우 모두 맥락 없이 나열되는 문장들에 당황스러움을 느끼는 건 마찬가지일 것입니다.

　그러나 자세히 살펴보면 〈날개〉의 프롤로그가 본문의 내용을 미리 암시하고 있다는 것을 확인할 수 있습니다. 예컨대 "박제가 되어버린 천재를 아시오?"라는 시작은 주인공이 프롤로그에서는 유식한 천재의 모습을 보이지만, 본문에서는 그 천재성을 상실한 모습을 보여줄 것을 예고합니다. 또 "그 위에다 나는 위트와 패러독스를 바둑 포석처럼 늘어놓소."라고 말함으로써 위트와 패러독스가 작품 전반 곳곳에 숨어 있다는 것을 밝히고, 독자들이 그러한 표현을 적극적으로 해석할 수 있도록 안내하고 있습니다. 그리고 "이런 여인의 반(그것은 온갖 것의 반이오)만을 영수하는 생활을 설계한다는 말이오."라는 말은 이 작품이 완전하지 않은 아내와의 생활을 그리고 있다는 것을 독자들이 예상할 수 있게 합니다. 실제로 본문에서는 내객을 받는 아내와의 생활, 그리고 그러한 아내를 점점 믿지 못하게 되는 '나'의 모습을 확인할 수 있지요.

'박제가 되어버린 천재'는 무슨 뜻인가요?

박제가 되어버린 천재를 아시오? 나는 유쾌하오. 이런 때 연애까지가 유쾌하오.

'박제'란 동물을 방부 처리하여 가죽은 보존하고, 속은 솜 등으로 채워 살아 있을 때와 같은 모습으로 만든 것입니다. 박물관에 갔을 때 박제된 동물표본을 본 적이 있을 거예요. 겉모습은 살아 있는 것처럼 생동감이 넘치지만, 실제로는 죽어 있지요. 그런데 '박제가 되어버린 천재'라니……. 살아 있는 것처럼 보이지만, 실제로는 죽은 것과 다름 없이 살아가는 모습을 빗대 표현한 것임을 어렵지 않게 추측할 수 있습니다.

프롤로그에서의 '나'는 지성이 넘치는 천재처럼 '위트, 패러독스, 아이러니' 등의 문학 용어를 사용하고 있습니다. 하지만 본문 속의 '나'는 무기력하고 사리 분별이 부족한, 마치 천재성을 다 잃어버린 듯한 모습을 보입니다. 즉 '박제가 되어버린 천재'는 소설의 주인공인 '나'를 표현한 말입니다.

이런 '나와 함께 사는 '여인'에 관한 이야기가 프롤로그의 세 번째 문단에 나옵니다.

58

나는 또 여인과의 생활을 설계하오. 연애 기법에마저 서먹서먹해
진, 지성의 극치를 흘긋 좀 들여다본 일이 있는, 말하자면 일종의
정신분일자 말이오. 이런 여인의 반(그것은 온갖 것의 반이오)만을
영수하는 생활을 설계한다는 말이오. 그런 생활 속에 한 발만 들
여놓고 흡사 두 개의 태양처럼 마주 쳐다보면서 낄낄거리는 것이
오. 나는 아마 어지간히 인생의 제행이 싱거워서 견딜 수가 없게끔
되고 그만둔 모양이오. 굿바이.

박제되어 버린 '나'와는 달리 '여인'은 전통적인 연애관에서 벗어난, 지성의 극치를 흘깃 들여다본 적이 있는 정신분일자(주로 '정신이 자유로운 사람'으로 해석)입니다.

'나'는 그녀와 온전한 연애를 하지 못하고 한 발만 들여놓은 연애를 하고 있습니다. '나'와 '여인'의 반쯤 걸친 연애가 무엇을 뜻하는지는 본문을 읽었다면 쉽게 알 수 있을 거예요. 이런 연애 때문에 인생이 싱겁게 된 건지, 그 반대인 건지는 여러분들의 판단에 맡기겠습니다.

'위트'와 '패러독스', '아이러니'가 무엇인가요?

육신이 흐느적흐느적하도록 피로했을 때만 정신이 은화처럼 맑소.
니코틴이 내 횟배 앓는 배 속으로 스미면 머릿속에 으레 백지가
준비되는 법이오. 그 위에다 나는 위트와 패러독스를 바둑 포석처
럼 늘어놓소. 가공할 상식의 병이오. (중략)
굿바이. 그대는 이따금 그대가 제일 싫어하는 음식을 탐식하
는 아이러니를 실천해 보는 것도 좋을 것 같소. 위트와 패러독스
와……

프롤로그의 이 부분에서는 본문에 사용된 창작 기법이 무엇인지 엿
볼 수 있습니다. '나'는 글을 쓸 때 '위트', '패러독스'의 기법을 사용하
며, 때로는 '아이러니'를 실천하는 것도 좋다고 하네요. 이 창작 기법
이 무엇인지 안다면 본문을 해석하는 데에 많은 도움이 될 거예요.

위트(wit)는 사물을 인식하고 타인에게 웃음을 줄 수 있는 능력을
말하는 동시에 독자나 관객에게 즐거움을 주기 위해 고안된 문학의
한 요소입니다. 익살스러운 말과 행동을 뜻하는 '유머'와는 달리, 원래
위트는 지력(知力)이나 창의력 같은 진지한 정신 능력을 의미했습니
다. 특히 16~17세기에는 문학에서 참신한 역설과 비유를 만들어 내

는 발랄한 언어적 재능을 가리켰지요.

패러독스(paradox)는 '역설'이라는 뜻입니다. 역설이란 모순을 일으키지만 그 속에 중요한 진리가 함축되어 있는 것을 말합니다. 표면상으로는 말이 안 되는 것처럼 보이지만, 그 안에 진실을 담고 있는 것이지요. '반대'를 뜻하는 그리스어 'para'와 의견을 뜻하는 'doxa'의 합성어로 '이율배반(二律背反, 서로 모순되어 양립할 수 없는 두 개의 명제)'이라고도 합니다.

- 이것은 소리 없는 아우성 – 유치환, 〈깃발〉 중에서
- 님은 갔지마는 나는 님을 보내지 아니하였습니다.

    – 한용운, 〈님의 침묵〉 중에서
- 결별이 이룩하는 축복에 싸여 – 이형기, 〈낙화〉 중에서

아이러니(irony)는 '반어'를 뜻합니다. 반어란 의미를 강조하기 위해서 자기가 생각하고 있는 것과는 반대되는 말을 하는 표현법입니다. 반어법은 진술 그 자체에는 모순이 없지만, 겉으로 표현한 말과 속뜻이 반대입니다.

- 으이구, 참 잘했다! (혼내는 상황)
- 미워 죽겠어. (예쁜 아이를 보며)
- 아이고, 빨리도 왔다! (상대가 늦었을 때)

다양한
문학 창작 기법

어떠한 생각을 효과적으로 표현하기 위해 사용하는 다양한 언어 표현 기법을 '수사법'이라고 합니다. 수사법은 크게 '비유법'과 '강조법'으로 나눌 수 있어요.

비유법은 표현하려는 대상을 그것과 비슷한 다른 대상에 빗대어 표현하는 방법입니다. 표현하고자 하는 대상을 '원관념'이라 하고, 그것을 표현하기 위해 빌려온 대상을 '보조관념'이라고 하지요. 원관념과 보조관념 사이에는 반드시 유사성이 있거나 유추 관계가 성립되어야 합니다.

직유법: 원관념과 보조관념을 직접 연결하여 표현.
- 쟁반같이 둥근 달 (원관념: 달, 보조관념: 쟁반)
- 구름에 달 가듯이 가는 나그네 (원관념: 나그네, 보조관념: 달)

은유법: 원관념과 보조관념을 간접적으로 연결하여 표현.
- 시간은 금이다. (원관념: 시간, 보조관념: 금)
- 내 마음은 호수요 (원관념: 내 마음, 보조관념: 호수)

대유법: 사물의 한 부분이나 특징으로 사물 자체나 전체를 대신 빗대어 표현.
- 사람은 빵만으로는 살 수 없다. (빵: 식량 전체)
- 지금은 남의 땅—빼앗긴 들에도 봄은 오는가?
  (빼앗긴 들: 일제강점기 조국, 봄: 조국의 광복)

의인법: 사람이 아닌 것을 사람처럼 표현.
- 나비가 춤을 춘다.
- 풀은 눕고 / 드디어 울었다

활유법: 무생물을 생물처럼 표현.
- 성난 파도
- 밤을 깨물고 하늘을 깨무는 횃불

한편 강조법은 표현하고자 하는 대상을 특히 두드러지게 표현하는 방법입니다.

과장법: 실제보다 크거나 많게, 또는 작거나 적게 과장함으로써 표현.

• 동해물과 백두산이 마르고 닳도록
• 삼백예순 날 하냥 섭섭해 우옵네다

대조법: 서로 반대되는 사물이나 의미를 대조시켜 의미를 강화하는 표현.

• 인생은 짧고 예술은 길다.
• 어린 매화나무는 꽃 피느라 한창이고
  사백 년 고목은 꽃 지느라 한창인데

점층법: 말하고자 하는 내용의 강도를 점점 높여서 강조하는 표현.

• 이 몸이 죽고 죽어 일백 번 고쳐 죽어
  백골이 진토되어 넋이라도 있고 없고
• 날자, 날자, 날자, 한 번만 더 날자꾸나.
  한 번만 더 날아보자꾸나.

영탄법: 기쁨, 슬픔 등의 고조된 감정을 강조하여 표현.

• 꽃이 아름답구나!
• 님은 갔습니다. 아아 사랑하는 나의 님은 갔습니다.

도치법: 말의 순서를 의도적으로 바꾸어 내용을 강조하는 표현.

• 사랑한다 너를.
• 죽어도 아니 눈물 흘리오리다

대구법: 비슷한 어조를 가진 어구를 짝지어 표현.

• 낮말은 새가 듣고, 밤말은 쥐가 듣는다.
• 돌담에 속삭이는 햇발같이
  풀 아래 웃음 짓는 샘물같이

19세기를 왜 봉쇄해 버리라고 하나요?

19세기는 될 수 있거든 봉쇄하여 버리오. 도스토옙스키 정신이란 자칫하면 낭비일 것 같소. 위고를 불란서의 빵 한 조각이라고는 누가 그랬는지 지언(至言)인 듯싶소. 그러나 인생 혹은 그 모형에 있어서 디테일 때문에 속는다거나 해서야 되겠소? 화(禍)를 보지 마오. 부디 그대께 고하는 것이니⋯⋯.

'나'는 19세기에 대한 반감을 드러내고 있습니다. 될 수 있으면 봉쇄해 버리라고 말하는 걸 보면 말이에요. 뒤에 나오는 '디테일'로 추측해 보건대, 이는 19세기에 발전했던 사실주의 문학에 대한 반감을 드러낸 것으로 보입니다. 이상은 20세기 모더니즘 문학의 대표적인 작가로, 의식의 흐름 기법 등을 포함하여 새롭고 다양한 문학적 시도를 했습니다. 즉 기존의 19세기 문학보다는 새로운 것을 추구하겠다는 주장 또는 포부 정도로 이해할 수 있겠네요.

도스토옙스키는 깊은 철학적 통찰력으로 인간의 정신과 마음, 도덕성을 탐구하고 이를 문학을 통해 드러내었습니다. 그런데 이상은 도스토옙스키의 정신이란 자칫하면 낭비일 것 같다고 표현했지요. 이는 단순히 이상이 도스토옙스키에 대한 부정적인 마음을 드러낸 것으로

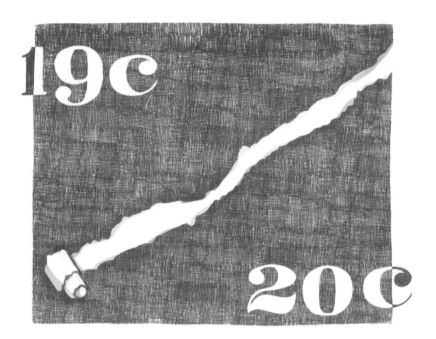

이해하기 쉽지만, 실은 그렇지만은 않습니다. 오히려 이상은 도스토옙스키의 작품이 지닌 의미를 누구보다 깊이 탐구했던 사람 중 하나였어요. 다만 도스토옙스키는 자신이 살았던 19세기를 현대로 인식했고, 그 현대를 성찰하며 맞서 싸우려 했던 작가입니다. 따라서 자신의 시대인 20세기를 강하게 의식했던 이상은 과거에 매몰되어 현재를 바로 보지 못함을 경계한 것이 아니었을까 생각해 볼 수 있지요.

또 다른 19세기의 대표적인 작가인 빅토르 위고를 언급한 것도 비슷한 맥락입니다. "위고를 불란서의 빵 한 조각이라고는 누가 그랬는지 지언(至言)인 듯싶소."라는 말은 《레 미제라블》에서 장 발장이 빵 한 조각을 훔친 장면과 연관 지은 위트 섞인 표현이지요. 이상은 위고를 불란서의 빵 한 조각이라며 낮춰 보는 듯한 말에 대해서는 지극히 당연하다 이야기하고 있습니다.

　도스토옙스키와 위고를 폄하하는 듯한 이상의 말로 우리는 그가 기존의 문학이 걸었던 길이 아닌 새로운 20세기 모더니즘 문학의 길로 나아가고자 하는 마음을 가지고 있었다는 것을 확인할 수 있습니다. 동시에 과거의 위대한 작가들을 넘어서겠다는 굳은 의지의 발로로도 볼 수 있겠지요.

19세기

19세기 소설은 사실주의가 주류였습니다. 사실주의는 작가의 개성을 강조하던 낭만주의와는 달리 대상을 있는 그대로 관찰하여 묘사하는 객관적 인식을 중요하게 여겼지요. 그래서 사실주의 문학에서는 객관적 관찰과 사실적 묘사를 강조합니다.

　우리나라에서는 1920년대 이후 현진건의 〈빈처〉, 〈운수 좋은 날〉, 염상섭의 〈만세전〉, 《삼대》, 이기영의 《고향》, 채만식의 《탁류》, 《태평천하》 등의 작품에서 사실주의가 발전되었습니다.

도스토옙스키 (1821~1881)

도스토옙스키는 러시아를 대표하는 작가로, 심리소설의 창시자로 여겨집니다. 그는 작품 속에서 19세기 러시아의 불안한 정치, 사회 속에서의 인간 심리를 탐구하고, 다양한 철학과 종교적인 주제를 다루었지요. 그의 작품과 사상은 당시 지성인들에게

큰 영향을 끼쳤으며, 오늘날에는 가장 위대한 작가 중 하나로 평가받고 있습니다. 그는 "나는 단지 보다 차원 높은 의미에서의 사실주의자일 뿐이다. 즉, 나는 인간 영혼의 심층 구석구석을 묘사한다."라고 말한 바 있습니다. 대표작으로는 《가난한 사람들》, 《죄와 벌》, 《카라마조프의 형제들》 등이 있습니다.

빅토르 위고 (1802~1885)

위고는 프랑스를 대표하는 작가로, 고전주의 문학에 정면으로 대항했던 낭만주의 문학의 거장입니다. 위대한 시인으로도 손꼽히며, 천재적이라는 평가를 받고 있지요. 그는 시인, 극작가, 소설가이자 데생 화가이며 정치인이기도 했습니다. 대표작으로는 《레미제라블》, 《노트르담 드 파리》, 《웃는 남자》 등이 있습니다.

모더니즘 문학의 탄생과 표현 기법

모더니즘 문학의 탄생

1910년대에는 근대 교육을 받은 작가들이 대거 등장했습니다. 한국 최초의 장편소설을 쓴 이광수를 필두로 많은 근대소설이 발표되었고, 근대적 교육을 통해 국민을 일깨우고자 한 계몽주의 문학도 등장했습니다.

1920년대에는 창작 활동이 더욱 활발해졌고, 《창조》, 《폐허》, 《개벽》, 《백조》 등 다양한 문학 동인지가 출간되었습니다. 초기에는 1919년 3·1 운동의 실패로 국권 상실의 비극과 암울한 현실에서 도피하려는 경향을 보였으나, 이내 민족에 대한 자긍심과 종교적 신념으로 이를 극복하려는 노력이 대두되었지요. 1920년대 중반에는 사회주의 사상이 유입되면서 최서해의 〈홍염〉 등 계급적 갈등과 현실 구조의 문제점을 지적한 계급주의 문학(카프, 신경향파)이 등장했습니다.

1930년대에는 염상섭의 《삼대》 등 일제 치하에 몰락하는 가족의 모습, 부조리한 현실을 있는 그대로 담아낸 사실주의 문학이 발전해 나갔고, 김유정의 〈동백꽃〉 등 한국적 정서가 잘 나타난 작품도 탄생했습니다.

1930년대 중반, 드디어 우리나라에 모더니즘 문학이 모습을 드러냅니다. 이상의 〈날개〉가 대표적인 모더니즘 작품이에요. 모더니즘 문학은 기존의 문학 창작 기법에서 벗어나 다양한 실험적 기법을 사용한 작품을 의미합니다. 예를 들면 시를 쓸 때 숫자만 쓴다든지, 의도적으로 띄어쓰기를 하지 않는다든지, 그림으로 시를 표현한다든지 하는 이전에는 볼 수 없었던 새로운 시도가 적용된 작품이지요. 소설의 경우에는 주인공이 하루 동안 겪은 일이 곧 작품 전체의 내용이라든지, 인물 간의 갈등, 대화, 사건 등의 기본 장치는 보여주지 않고 단순히 내면의 독백만을 중심으로 이야기를 전개한다든지 하는 등의 특징을 보입니다.

모더니즘 문학은 1900년 영국과 프랑스에서 처음 등장했습니다. 대표적인 모더니즘 작가는 아일랜드 국적의 제임스 조이스예요. 제임스 조이스의 1922년 작품 《율리시스》는 주인공이 하루 동안 겪은 일이 소설의 줄거리입니다. 주인공의 독백을 통해 이야기가 전개되며, 눈에 보이는 대로, 생각이 나는 대로 서술하는 의식의 흐름 기법을 사용했습니다.

〈날개〉에도 바로 이 기법이 사용되었습니다. 특히 프롤로그에서 그 특징이 두드러지지요. 사실주의 문학의 발단 단계에 해당하는 이 첫 부분에서 〈날개〉는 무슨 뜻인지 단박에 알기 어려운 문장들을 의식의 흐름대로 나열하고 있습니다. 1930년대 모더니즘 소설은 감수성이 풍부한 주인공이 물질 만능주의로 인해 인간에 대한 정을 잃어버리고 비인간적인 현실 속에서 소외되어 살아가는 모습을 주로 그렸습니다. 자본주의가 들어선 식민지 시대에서 공동체의 분열, 소외된 개인, 삶의 방향성 상실 등을 보여주고 있는 것이지요.

의식의 흐름 기법

'의식의 흐름(stream of consciousness)'은 1890년에 미국의 심리학자 윌리엄 제임스가 사람의 정신 속에서 생각과 의식이 끊어지지 않고 연속된다는 주장을 하면서 처음 사용한 말입니다. 여기에서 파생된 의식의 흐름 기법은 현대 심리주의 소설의 창작 기법으로, 소설 속 인물의 파편적이고 무질서한 의식 세계를 자유로운 연상 작용을 통해 그려내는 방법입니다. 이 기법을 사용하는 소설은 외적 사건보다 인간의 내적 실존과 내면세계의 실체에 관심을 집중합니다. 이야기의 논리적인 인과관계가 불투명하기 때문에 독자가 능동적으로 이야기를 구성하며 읽어야 그 내용을 온전히 이해할 수 있지요.

의식의 흐름 기법을 사용한 심리소설

우리 문학 최초의 심리소설은 〈날개〉입니다. 심리소설은 인간 내면의 심리적 움직임에 초점을 맞춰 관찰하고 묘사하는 소설로, 현실을 있는 그대로 그려내는 사실주의 소설과 대비됩니다. 심리소설은 20세기 들어서 심리학의 발달과 정신분석학의 영향으로 본격적으로 창작되기 시작했습니다. 심리소설에서는 등장인물의 정서적 반응이나 내면의 상태가 외부 사건으로부터 영향을 받기도 하고, 반대로 외부 사건을 일으키는 요인이 되기도 합니다. 이렇게 등장인물의 내적 측면을 강조하는 것이 심리소설의 기본입니다.

심리소설은 의식의 흐름 기법을 사용하여 소설 속 인물의 의식이 중단되지 않은 채로 외부로부터 자극을 계속 받아들이고, 그에 반응하면서 변화하는 연속적인 흐름을 서술합니다. 작가는 그 과정에서 이야기의 개연성이나 논리 등을 다소 희생하더라도, 무질서하고 잡다한 그 흐름을 있는 그대로 서술해 내려 합니다.

'여왕봉'과 '미망인'은 무엇을 뜻하나요?

> 나는 내 비범한 발육을 회고하여 세상을 보는 안목을 규정하였소.
> 여왕봉과 미망인, 세상의 하고많은 여인이 본질적으로 이미 미망
> 인 아닌 이가 있으리까? 아니, 여인의 전부가 그 일상에 있어서 개
> 개 미망인이라는 내 논리가 뜻밖에도 여성에 대한 모독이 되오?
> 굿바이.

위의 인용은 〈날개〉 프롤로그의 마지막 부분입니다. 무슨 뜻인지 단
번에 알기 어려운 문장들이 나열되어 있군요. 지금부터 한 문장씩 천
천히 해석해 봅시다.

먼저 첫 번째 문장을 볼까요? 앞서 '나'는 자신을 '박제가 되어버린
천재'로 생각한다고 했습니다. 마찬가지로 '내 비범한 발육' 역시 자신
이 비범하게 성장했음을 밝히는 부분이에요. 즉, 박제가 되기 이전에
천재였던 때를 돌이켜 생각해서 세상을 어떻게 바라볼 건지 결정했
다고 선언하는 것입니다. 그럼 천재의 시각으로 본 세상은 과연 어땠
을까요?

바로 두 번째 문장에 나와 있습니다. 여왕봉과 미망인이 큰 차이가
없다고 하네요. 여왕봉은 여왕벌, 미망인은 남편을 여읜 여자를 뜻합

니다. 둘의 공통점은 무엇일까요? 여왕벌은 무리 중 가장 강한 수벌과 딱 한 번 교미한다고 합니다. 교미한 수벌은 죽고, 나머지 수벌은 쫓겨납니다. 벌의 세계에서 수벌은 일벌보다 하는 일이 없어서 무위도식하는 것으로 받아들여지기 때문이지요. 결국 여왕벌에게는 수벌이 없는 것과 마찬가지입니다. 마치 남편을 여읜 미망인처럼 말이지요. 이것이 바로 여왕봉과 미망인의 공통점입니다.

　천재인 '나'는 여기서 더 나아가 세상의 모든 여인은 모두 미망인이라는 논리를 펼칩니다. '여인은 모두 남편을 잃은 존재'라는 뜻인데, 이를 다르게 이야기하면 남편이 있어도 그 의미가 크게 없다는 뜻이기도 합니다.

마지막 문장에서는 "내 논리가 뜻밖에도 여성에 대한 모독이 되오?"라고 묻습니다. 그도 그럴 것이, '모든 여인은 미망인'이라는 말을 행복하게 살고 있는 부부, 특히 옆에 있는 남편이 듣는다면 아주 황당하겠지요? 하지만 대답을 바라는 것 같지는 않습니다. 문장의 시작과 끝이 '아니', '되오?'인 것을 보면 알 수 있지요. 누군가 '아니, 이게 말이 돼?'라고 말하면, 말이 안 된다는 의도로 쓰는 것처럼 말이에요. 종합하면, 결국 마지막 문장은 자신의 논리가 여성에 대한 모독이 아니라는 것입니다. 비범한 사람답게 아주 당당한 태도네요.

〈날개〉를 다 읽고 나서 이 부분을 다시 보면 놀랄 만한 사실을 발견하게 됩니다. 결혼한 여성을 미망인이라고 부를 만큼 무가치한 남편, 그건 바로 작품 속 '나'라는 것입니다. '나'는 아내에게 기생하지만, 아내가 무슨 일을 하는지도 알지 못하는, 혹은 알면서도 애써 외면하는 인물입니다. 이로 미루어 볼 때 이상은 앞으로 전개할 이야기에 여왕봉 옆의 수벌과 같이 무용한 남편을 등장시킬 것을 프롤로그를 통해 예고했던 것일지도 모르겠습니다.

이 해석은 선생님의 생각일 뿐이에요. 암호처럼 해석하는 재미가 있는 게 이상 작품의 묘미입니다. 여러분들은 위의 문장을 어떻게 해석하나요?

프롤로그에 유난히 어려운 문장이 있는데, 어떻게 해석하나요?

많은 학자들이 프롤로그에 '나'에 대한 소개, '나'의 글쓰기 방식, 본편에서 다룰 내용 등이 드러나 있다고 봅니다. 하지만 아래의 인용에 대해서는 해석이 분분합니다. 왜 괄호 안에 적혀 있는지, 의미는 무엇인지, 본문과는 어떤 관련이 있는지 파악하기가 어렵기 때문입니다.

> (테이프가 끊어지면 피가 나오. 상처도 머지않아 완치될 줄 믿소. 굿바이.)

'테이프'는 장식의 용도로 사용되는 물건, 녹음의 용도로 사용되는 물건, 그리고 접착의 용도로 사용되는 물건을 이르는 말입니다. 그런데 장식 테이프로 보기에는 아무래도 해석의 접점을 찾기가 어려워요. 그렇다면 먼저 녹음용 테이프로 보는 의견을 살펴봅시다. '나'가 글쓰기를 마친 후 이를 누군가에게 들려주기 위해 녹음을 한다는 상황을 가정하면, 괄호 부분은 원고를 녹음하면서 떠오른 생각을 덧붙인 말로 볼 수 있습니다. 이 녹음이 끝나면 굉장한 마음의 상처를 입겠지만, 그것도 곧 회복할 거라 말하는 것이지요. 작품을 읽었다면 '나'가 왜 상처를 입는지 알 수 있을 것입니다. 다만 이 해석은 녹음에

사용되는 릴테이프나 카세트테이프가 소설이 쓰인 당시 상용화되지 않았던 물건이라는 맹점을 갖고 있습니다.

한편 이 문장의 테이프가 접착용 테이프를 뜻한다면, 이는 인간관계를 비유한 말로 볼 수 있습니다. '나'와 '여인' 사이에 붙어 있는 테이프(관계)가 끊어지면 피가 나는 고통을 겪겠지만, 곧 그 상처도 아물 것이라며 자기를 위로하는 말로 해석이 가능하지요.

감정은 어떤 포―즈(그 포―즈의 소(素)만을 지적하는 것이 아닌지 나 모르겠소), 그 포―즈가 부동자세에까지 고도화할 때 감정은 딱 공급을 정지합네다.

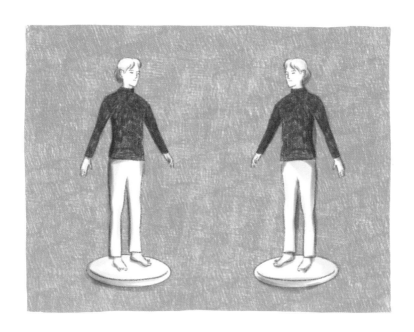

　'포즈'는 어떤 자세나 태도를 취하는 모습을 뜻합니다. 무언가를 보거나 들음으로써 감정을 느끼면 그게 포즈로 나타나기 마련이지요. 그런데 그것이 부동자세, 즉 움직이지 않는 상태가 되면 감정은 공급을 정지한다고 했어요. 이건 무슨 뜻일까요?

　이 부분을 '박제가 되어버린 천재'와 연결지어 해석하는 의견이 있습니다. 박제가 되면 부동자세로 있어야 하며, 살아 있지 않기에 감정이 차단됩니다. 그래서 이 부분이 천재였던 '나'가 박제가 된 과정을 설명한다고 주장하는 학자도 있습니다.

　이를 쓴 작가 이상이 세상에 없으니, 정확한 뜻은 알 수 없습니다. 즉, 이제 해석은 오로지 독자의 몫으로 남아 있는 것이지요.

2

작품 속 인물 알아가기

아내가 이런 일을 해도 되는 건가요?

아내에게 직업이 있었던가? 나는 아내의 직업이 무엇인지 알 수 없다. 만일 아내에게 직업이 없었다면 같이 직업이 없는 나처럼 외출할 필요가 생기지 않을 것인데— 아내는 외출한다. 외출할 뿐만 아니라 내객이 많다. 아내에게 내객이 많은 날은 나는 온종일 내 방에서 이불을 쓰고 누워 있어야만 된다. 불장난도 못 한다. 화장품 냄새도 못 맡는다. 그런 날은 나는 의식적으로 우울해하였다.

1930년 일본 정부는 경성에 살고 있는 일본인들이 조선인들보다 우선해 직업을 가질 수 있도록 조치했습니다. 이 때문에 조선인들은 남성이든 여성이든 대학교를 졸업해도 직업을 갖기가 어려웠습니다.

또한 1910년 일본에 의해 강제적으로 합병이 된 뒤부터 조선은 일본에 쌀과 보리, 감자 등 식량을 빼앗겼고 천연자원과 지하자원도 일본 소유가 됨으로써 우리나라 사람들을 지독한 가난에 시달렸지요.

소설에서 '나'는 직업 없이 사회에서 소외된 채 무기력한 삶을 살아가고 있습니다. 이렇게 남성이 경제활동을 못 하자 궁핍으로 인해 전통적인 우리나라의 사회규범이 조금씩 무너지기 시작했고, 가족의 부양을 위해 많은 여성이 유흥업에 종사하기 시작했습니다. 술집이나 카페, 유곽에서 손님들과 술을 마시고 노래를 부르며 이야기를 나누거나 잠자리를 함께하는 일이었지요. 바로 주인공의 아내가 하고 있는 일입니다.

사실 소설의 내용을 살펴보면 아내가 어떤 일을 하는지 독자들은 다 알 수 있도록 이야기가 전개되고 있어요. 아내는 무기력한 '나'를 대신해서 유흥업을 하며 생활비를 벌고 있습니다. 그래야 남편을 부양하고 살림을 꾸려나갈 수 있을 테니까요.

상식적으로 생각해 보면, '나'는 처음부터 아내의 직업을 알고 있었을 것입니다. 그러나 작가 이상이 소설의 극적 효과를 높이기 위해 처음부터 남편인 '나'만 이 상황을 잘 모르고 있는 것처럼 설정한 것이지요.

'나'는 처음 외출하고 돌아와서 손님과 아내가 집 밖에서 이야기하고 있는 모습을 보게 되고, 이후 외출과 귀가를 반복하면서 점점 손님과 아내가 이성적인 접촉을 한다는 것을 알게 됩니다.

'나'는 세 번째 외출 중 비가 내려서 자정이 되기 전 집으로 돌아오는 바람에 보면 아내가 덜 좋아할 것을 보고 말았습니다. 아내는 남편에게 자신이 다른 남자와 함께 있는 모습을 보여주고 싶지 않았기 때문에 자정을 넘겨 들어오라고 한 것인데, 하필 비가 오는 바람에 너무 추운 나머지 아내의 말을 지키지 못해 이런 일이 생긴 것이지요. 그러다 다섯 번째 외출 후 돌아와서 '나'는 보면 아내가 매우 싫어할, 절대로 보면 안 될 것을 봐버리고 맙니다. 이 사건으로 아내와 '나'의 갈등은 최고조가 됩니다.

일제 치하의 절망적인 상황 속에서, 당시 사람들은 이렇듯 힘든 삶을 살아냈습니다. 소설 속 '나'의 아내도 마찬가지였고요. 그러나 1945년 해방 이후로는 조금씩 정상적인 가정의 모습을 찾아나가기 시작했습니다.

'나'는 왜 하루 종일 잠만 자나요?

내 방은 침침하다. 나는 이불을 뒤집어쓰고 낮잠을 잔다. 한 번도 걷은 일이 없는 내 이부자리는 내 몸뚱이의 일부분처럼 내게는 참 반갑다. (중략) 나는 내 좀 축축한 이불 속에서 참 여러 가지 발명도 하였고 논문도 많이 썼다. 시도 많이 지었다. 그러나 그것들은 내가 잠이 드는 것과 동시에 내 방에 담겨서 철철 넘치는 그 흐늑흐늑한 공기에 다 비누처럼 풀어져서 온데간데없고, 한잠 자고 깬 나는 속이 무명 형겊이나 메밀껍질로 땅땅 찬 한 덩어리 베개와도 같은 한 벌 신경이었을 뿐이고 뿐이고 하였다.

소설 속 '나'는 잠만 자는 무기력한 인물입니다. 한창 일을 해야 할 나이인 듯한데, 아무것도 하지 않지요. 이러한 모습은 앞서 아내의 직업에 관한 이야기를 할 때 나왔던 내용과 같이 당시 시대적 상황이 반영되어 있다고 볼 수 있습니다.

　1930년 경성의 관공서, 회사 등 일반적인 직장 대부분은 일본인이 차지하고 있었습니다. 그 당시 대학을 졸업한 우리나라의 지식인들조차 극심한 취업난에 시달렸으며 차별 대우를 받았어요.

　비록 이불 속에서지만 여러 가지 발명도 하고, 논문이나 시도 많이 쓰는 걸 보아 '나'도 대학교를 졸업한 지식인일 것입니다. 혹은 좋은 직장을 다녔던 사람일 수도 있습니다. 그런데 일제강점기 일본인들에게 차별 대우를 받으면서 부조리한 현실에 절망하게 되고, 점점 삶의 목표를 잃으면서 결국 하루 종일 잠만 자는 무기력한 사람이 된 것이지요.

하지만 소설 후반부에서 '나'가 잠을 자는 이유는 조금 다릅니다.

> 나는 오늘 아침에 네 개의 아스피린을 먹은 것을 기억하고 있었다. 나는 잤다. 어제도 그제도 그끄제도— 나는 졸려서 견딜 수가 없었다. 나는 감기가 다 나았는데도 아내는 내게 아스피린을 주었다. 내가 잠이 든 동안에 이웃에 불이 난 일이 있다. 그때에도 나는 자느라고 몰랐다. 이렇게 나는 잤다. 나는 아스피린으로 알고 그럼 한 달 동안을 두고 아달린을 먹어온 것이다. 이것은 좀 너무 심하다.
> 별안간 아뜩하더니 하마터면 나는 까무러칠 뻔하였다. 나는 그 아달린을 주머니에 넣고 집을 나섰다. 그리고 산을 찾아 올라갔다.
> (중략)
> 아스피린, 아달린, 아스피린, 아달린, 마르크스, 말사스, 마도로스, 아스피린, 아달린.
> 아내는 한 달 동안 아달린을 아스피린이라고 속이고 내게 먹였다.

'나'가 감기에 걸리자 아내는 걱정스러워했고, 머리를 짚어보기도 하며 약을 주었기에 '나'는 그것을 당연히 해열제인 아스피린으로 생각했습니다. 하지만 실제로 발견한 것은 수면제인 아달린이었지요. 감

기를 낮게 하려고 한 달 동안 정성 들여 병간호해 준 거라고 생각했는데, 그게 아니었다는 걸 알고 '나'는 배신감에 휩싸입니다.

'나'는 집을 나가 산에 올라갑니다. 그러고는 남은 수면제를 전부 먹어버린 뒤 깊은 잠에 빠져 하루 종일 잡니다. 다음 날 아침, 아내를 의심한 것을 후회하며 집에 돌아오지만 절대로 보면 안 되는 것을 보고 말지요.

이 장면을 통해서 우리는 아내가 '나'에게 수면제를 주었던 이유를 추측해 볼 수 있습니다. 아내는 내객을 맞이하는 모습, 즉 남편이 아닌 다른 남자를 상대하는 모습을 남편에게 보여주고 싶지 않았던 것이겠지요.

정리하자면 '나'가 계속 잠을 자는 이유는 암울한 시대적 상황, 그리고 내객을 맞이해야 하는 아내 때문이었습니다. 둘 다 '나'의 의지는 아니라는 공통점이 있군요.

아스피린
vs
아달린

아스피린은 진통제, 해열제로 쓰이기 때문에 감기약으로 먹습니다. 반면 아달린은 신경안정제로, 이상을 비롯해 일본에서 애용했던 수면제라고 합니다.

아래의 그림은 1936년 《조광》에 발표된 〈날개〉에 실린 것으로, 이상이 직접 그린 것입니다. 첫 번째는 표지에 실린 삽화로 알약과 약 상자를 그렸지요. 두 번째 삽화는 아스피린과 아달린이라는 글자, 누워 있는 사람, 그리고 13권의 책들이 인상적이네요.

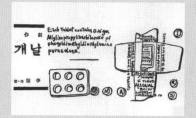 

아스피린, 아달린, 아스피린, 아달린, 마르크스, 말사스, 마도로스, 아스피린, 아달린.

아스피린과 아달린은 약이라는 공통점을 갖지만, 전자는 사람을 살리는 반면 후자는 부작용으로 인해 사람이 죽을 수도 있다는 점에서 반대되는 면이 있지요. 또 마르크스와 말사스(맬서스)는 자본주의의 빈부 격차에 대해 의견을 냈다는 공통점이 있지만, 전자는 그것이 자본가에 의한 현상이라고 주장했고 후자는 자연현상이라고 주장했습니다. 즉 아스피린과 아달린, 마르크스와 말사스는 각각 반대의 의미로 연결되었음을 알 수 있습니다.

그 뒤로 마도로스(선원)가 이어집니다. 이는 특별한 의미 없이 단순한 말장난이라는 해석, 선원이 인류의 항해를 이끌어가는 존재를 상징하므로 넣었다는 해석, 선원이 유럽 국가들이 제국주의로 성장하는 데 큰 역할을 했기 때문에 넣었다는 해석 등이 있습니다.

'나'는 왜 자꾸 외출을 하나요?

〈날개〉에는 '나'와 아내가 외출하는 장면이 여러 번 등장합니다. 따라서 소설을 제대로 이해하려면 이들이 왜 외출하는지 제대로 알 필요가 있습니다.

먼저 아내는 왜 외출을 하는지 알아봅시다. 소설에서 직접적인 이유가 드러나지는 않지만, '나'의 생각을 통해 추측할 수 있어요.

> 아내에게 직업이 있었던가? 나는 아내의 직업이 무엇인지 알 수 없다. 만일 아내에게 직업이 없었다면 같이 직업이 없는 나처럼 외출할 필요가 생기지 않을 것인데— 아내는 외출한다.

'나'가 생각하기에 아내는 직업이 있기 때문에 외출합니다. 돈을 벌기 위해 나가는 것이지요. 이렇듯 '나'는 외출을 돈과 관련된 행위로 인식합니다. 그렇다면 '나'의 외출도 돈과 관련이 있겠구나, 하고 생각해 볼 수 있겠네요.

소설에서 '나'는 총 다섯 번 외출합니다. 하지만 방에만 틀어박혀 있던 '나'의 외출은 우리가 생각하는 외출과는 그 의미가 다릅니다. 초행길을 가거나 낯선 곳으로 여행을 떠난다고 가정해 보면 '나'의 심정을 더 잘 이해할 수 있을 거예요.

먼저 '나'의 이동 경로를 표로 정리해 봅시다.

	'나'의 이동 경로
첫 번째 외출	집 → 거리 → 집
두 번째 외출	집 → 거리 → 집
세 번째 외출	집 → 거리 → 경성역(→ 티룸) → 집
네 번째 외출	집 → 거리 → 산 → 양지바른 자리, 벤치 → 집
다섯 번째 외출	집 → 거리 → 경성역 홀 → 미쓰코시 옥상 → 거리

차츰 다양한 장소에 들르는 게 눈에 들어오나요? 방에만 있던 '나'에게는 대단한 발전이네요. 여러분이 수학여행을 간다고 생각해 보세요. 방문하는 장소가 늘어날수록 보고 배우는 것들도 늘어나지요? '나' 역시 그렇습니다.

그럼 '나'가 왜 외출을 했으며 어디를 다녀왔는지, 그리고 무엇을 느꼈는지 순서대로 정리해 보겠습니다.

첫 번째 외출

내객이 아내에게 돈을 놓고 가는 것이나 아내가 내게 돈을 놓고 가는 것이나 일종의 쾌감— 그 외의 다른 아무런 이유도 없는 것이 아닐까 하는 것을 나는 또 이불 속에서 연구하기 시작하였다. 쾌감이라면 어떤 종류의 쾌감일까를 계속하여 연구하였다. 그러나 그것은 이불 속의 연구로는 알 길이 없었다. 쾌감, 쾌감, 하고 나는 뜻밖에도 이 문제에 대해서만 흥미를 느꼈다.

아내는 물론 나를 늘 감금하여 두다시피 하여 왔
다. 내게 불평이 있을 리 없다. 그런 중에도 나는
그 쾌감이라는 것의 유무를 체험하고 싶었다.

첫 번째 외출은 돈을 주는 쾌감이란 무엇인지 궁금
해서 시작됩니다. '나'는 아내가 밤에 집을 비운 틈을
타서 몰래 외출합니다. 거리로 가서 아내가 준 은화
를 지폐로 바꾸지만, 쓰지는 않습니다. 아직 '나'에게 돈은 큰 의미가
없기 때문입니다. '나'는 금세 피곤해졌고, 외출한 것을 후회하며 집으
로 돌아옵니다.

두 번째 외출

첫 번째 외출에서 돌아온 '나'는 쓰지 않은 오 원을 아내에게 건네주
고 돈 주는 일의 쾌감을 알게 됩니다. 그동안 이런 즐거움을 모르고
지내온 자신이 우스꽝스럽게 느껴졌고, 또 외출하고 싶습니다. 하지만
외출을 하려면 돈이 필요하지요. 다행히 주머니에 이 원이 있어서 그
걸 들고 집을 나섭니다.

'나'는 호기롭게 거리에 나섰지만, 목적 없이 방황합니다.
피곤하지는 않았지만 시간이 너무 늦게 가서 조바심이 납
니다. 자정 전에 집에 들어가면 아내에게 눈총을 맞기 때문
입니다.

'나'는 자정이 지나 귀가합니다. 그러고는 첫 번째 외출

에서 돌아왔을 때처럼 아내에게 쓰지 않은 이 원을 줍니다. 그랬더니 이게 웬일, 아내가 자신의 방에서 자는 것을 허락합니다.

이 일로 '나'는 '외출하고 와서 아내에게 돈을 주면 기쁨이 오는구나!' 하고 학습해 버립니다. 그러나 이제는 돈이 없습니다. 돈이 없으므로 외출을 한다 해도 기쁨은 찾아오지 않겠지요. '나'는 돈이 없다는 사실이 야속하고 슬픕니다. 이제야 돈의 가치를 발견하게 된 것이지요.

세 번째 외출

이번에는 아내에게 허락을 받고 외출합니다. 아내는 '나'에게 용돈도 주고, '어제보다 더 늦게 돌아와도 좋다'고 속삭이기도 하지요.

이 세 번째 외출에서 '나'는 야맹증을 앓고 있다는 사실을 밝힙니다. 야맹증이란 어두운 곳에서 물체가 잘 보이지 않는 상태를 말합니다. 이 때문에 '나'는 밝은 거리로 나가야 했고, 그러다가 경성의 밤 문화를 접하게 되지요. 그래서 '나'의 야맹증을 당시 경성에 만연했던 성의 상품화, 노동자의 빈곤, 식민지 지식인의 실업 등 근대 자본주의의 어두운 면을 보지 못한 조선 후기 봉건 지식인의 한계를 상징하는 것으로 보는 의견도 있습니다.

'나'는 경성역에 가서 티룸에 들릅니다. 목적 없이 거리를 방황하던 이전의 외출과 다르지요. 티룸에는 아는 사람도 없고, 시계도 정확해서 좋습니다. 잘 끓은 커피도 마십니다. 메뉴에 적힌 음식의 이름에서 옛 동무들 이름을 떠올리며 과거의 향수도 느낍니다. '나'로서는 아주 큰 변화입니다.

편안함을 느끼던 것도 잠시, 티룸은 열한 시가 좀 넘어서 문을 닫습니다. '나'는 이곳도 안주할 곳이 못 된다는 것을 깨닫습니다.

티룸에서 나오자 비가 내립니다. 열두 시가 넘어야 집에 들어갈 수 있는데, 추워서 견디기가 힘들어요. '나'는 내객이 없기를 바라면서 일찍 집으로 향합니다. 하지만 안타깝게도 아내에게는 내객이 있습니다. 게다가 '보면 아내가 덜 좋아할 것'을 보고 맙니다.

다음날, '나'는 감기에 걸려서 아내가 준 약을 먹습니다. 또 외출하고 싶지만, 아내는 '나'에게 더는 나가지 말라고 합니다. 그렇게 '나'는 한 달을 잠만 자며 보냅니다.

네 번째 외출

'나'는 아내가 준 약이 아스피린이 아닌 아달린이라는 사실을 알고 집을 나가 산에 올라갑니다. 거기서 왜 아내가 자신을 재우려 했는지, 자신을 죽이려고 했던 건 아닌지 의심합니다. 아내와의 관계에 대해 고민하기 시작한 것입니다. 아내에게 수동적이던 '나'의 태도에 변화가 생겼네요.

하지만 이내 그런 생각을 했다는 게 미안해서 부리나케 집으로 향합니다. 그리고 거기서 '절대로 보아서 안 될 것'을 봐버리고 맙니다. 이 때문에 아내와 실랑이를 벌이게 되지요.

다섯 번째 외출

도망치듯 집에서 나온 '나'는 커피를 마시러 티룸
에 가려 합니다. 하지만 돈이 한 푼도 없다는 걸
깨닫고 아뜩해지지요. '나'는 얼빠진 사람처럼 거리
를 배회하다가 미쓰코시 옥상에 올라갑니다. 거기
서 자라온 스물여섯 해를 돌이켜 보기도 하고, '나'
와 아내의 관계를 '숙명적으로 발이 맞지 않는 절
름발이'라고 정의를 내리기도 합니다. 그렇지만 아내에게 돌아가야 할
지는 고민이 됩니다. 더 이상 아내가 늦게 오라면 늦게 오고, 나가지
말라면 나가지 않던 '나'가 아니지요. 이제 '나' 스스로 고민하고 결정
하기 시작한 것입니다.

　그때 정오의 사이렌이 울립니다. 그것을 계기로 '나'는 다시 한번 더
날아보고 싶다는 생각을 하게 됩니다. 희망과 야심을 가졌던 이전으
로 돌아가기를 소망하게 되지요.

　지금까지 '나'의 다섯 번의 외출을 간략하게 정리해 보았습니다.
'나'는 다섯 번의 외출을 하는 동안 방 밖의 세상살이를 알게 되고,
자신의 정체성도 깨닫습니다. 즉 '나'에게 외출은 방에서 탈출하는 행
위이자, 깨달음의 기회였던 것입니다.

'나'는 왜 날개가 다시 돋기를 바라나요?

이 소설의 제목인 '날개'는 소설의 마지막 부분에만 등장합니다.

> 나는 불현듯이 겨드랑이가 가렵다. 아하, 그것은 내 인공의 날개가
> 돋았던 자국이다. 오늘은 없는 이 날개. 머릿속에서는 희망과 야심
> 이 말소된 페이지가 딕셔너리 넘어가듯 번뜩였다.
> 나는 걷던 걸음을 멈추고, 그리고 어디 한번 이렇게 외쳐보고 싶었다.
> 날개야 다시 돋아라.
> 날자. 날자. 날자. 한 번만 더 날자꾸나.
> 한 번만 더 날아보자꾸나.

'날개'를 국어사전에서 찾아보면 다음과 같은 관용구가 나옵니다.

- 날개(가) 돋치다: (상품이) 인기가 있어 빠른 속도로 팔려 나가다.
- 날개(를) 달다: (무엇이) 능력이나 상황 따위가 더 좋아지다.

'나'는 사람이니까 '능력이나 상황 따위가 더 좋아지다'의 의미로 해
석하는 게 적절해 보입니다. 그러니까 '나'는 어떤 능력이나 상황이 더

좋아지길 바라고 있는 것입니다. 그렇다면 현재의 '나'는 어떤 상태인 걸까요?

위의 인용을 다시 보겠습니다. '날개야 돋아라'가 아니라 '날개야 다시 돋아라'라고 표현되어 있지요. 그렇다면 '나'는 원래 날개를 가지고 있었겠군요. 하지만 지금은 없습니다. 날개가 없는 지금은 '희망과 야심이 말소된' 상태입니다. 즉, '나'가 날개가 다시 돋기를 바라는 것은 잃어버린 희망과 야심을 다시 갖기를 바란다는 뜻이 되겠네요.

그렇다면 날개가 달려 있던 때의 '나'는 과연 어떤 사람이었을까요? 이는 프롤로그의 첫 문장을 돌이켜 보면 알 수 있습니다.

박제가 되어버린 천재를 아시오?

천재였습니다. 하지만 이제는 박제가 되어버렸지요. 그럼 '나'는 왜 박제가 되었을까요? 앞선 설명에서는 그 이유를 작품 외적 요소인 시대적 상황을 중심으로 해석했으니, 여기에서는 작품 내적 요소를 중심으로 찾아봅시다. 바로 아내 때문이지요.

아내는 '나'를 억압하는 존재입니다. 내객을 받거나 외출하고 돌아오면 은화를 주면서 '나'를 통제하지요. 하지만 '나'가 아내의 통제를 벗어나자 '나'의 멱살을 잡거나 살을 물어뜯어 버립니다. 아스피린 대신 아달린을 먹이는 장면은 그러한 태도가 가장 극명하게 드러난 부분입니다.

하지만 '나'는 여러 차례의 외출을 통해서 방 밖의 삶을 알게 되었습니다. 이전까지는 아내의 요구에 잠자코 순응하며 살았으나, 차츰

아내를 의심하기 시작합니다. 그러면서 아내에게 돌아가는 것이 과연 옳은지 혼란스러워합니다. 자의식을 잃고 수동적으로 살았던 삶에서 점차 자의식을 찾는 과정이지요. 이때 정오의 사이렌이 울립니다. 그와 동시에 '나'는 깨달음을 얻고, "날개야 다시 돋아라."라고 말합니다. 즉, 이 말은 다시 주체적인 삶을 살고자 하는 '나'의 소망을 표출한 것이라고도 볼 수 있습니다.

한편 이와는 다른 해석도 있습니다. 작품의 시대적 배경과 작가의 삶을 토대로 소설을 읽는다면, '나'는 식민지 시대의 무기력한 지성인을 상징한다고 볼 수 있습니다. 이러한 관점에서의 '날개'는 독립 혹은 자유를 의미하겠지요.

'나'와 '아내'는 어떻게 만난 건가요?

〈날개〉를 읽다 보면 궁금증이 듭니다. 방구석
에만 있는 '나'와 유곽에서 일하는 아내는 대
체 어떻게 만나게 된 걸까요? 이 질문에 좋은
답이 될 만한 작품이 있어요. 바로 이상의 또
다른 단편소설 〈봉별기(逢別記)〉입니다.

〈봉별기〉는 1936년 12월 잡지 《여성(女性)》
에 발표되었어요. 우리가 읽은 〈날개〉가 1936
년 9월에 발표되었는데, 같은 해에 발표된 두 작품 모두 작가 이상의
삶과 작품에 지대한 영향을 끼친 한 여인과의 만남을 다루고 있습니
다. 그 여인은 바로 금홍(錦紅)입니다. 〈날개〉에서는 '연심'이라는 본명
으로 등장하지요. 이 금홍과의 만남[逢]에서 헤어지기[別]까지를 기
록한 소설이 바로 〈봉별기〉입니다. 내용을 요약하면 이렇습니다.

폐병에 걸린 '나'는 요양을 위해 신개지(新開地) B 온천에 갑
니다. '나'는 그곳에 간 지 사흘도 못 되어 여관 주인을 앞장세
우고 기생집으로 향하는데, 그곳에서 금홍을 만납니다. '나'는
금홍과 서로 사랑하면서도 그녀를 불란서 유학생인 우, 변호사

C 등과 잠자리를 하게 합니다. 그 뒤 금홍과 나는 1년 정도 동거 생활을 합니다.

그러나 금홍은 예전의 생활에 대한 그리움으로 현재에 염증을 느끼기 시작합니다. 그녀는 점점 외출이 잦아지더니, 급기야 종적을 감춥니다. 금홍은 2개월 후 집으로 돌아오는데, 합의 이별 선물로 2인용 베개를 주더니 또 나가버립니다. '나'는 중병에 걸려 앓아누웠다는 내용의 엽서를 금홍에게 보내고, 이를 받은 금홍은 다시 돌아옵니다.

돌아온 금홍은 5개월간 '나'를 먹여 살리다가 또 집을 나갑니다. '나'는 금홍을 잊고 지내며, 만나는 사람마다 동경으로 가겠다 말합니다. 그러던 중 술자리에서 금홍의 소식을 듣게 됩니다. '나'는 망설이다가 금홍을 찾아가 술을 마시고 노래를 하고 놀다가 이 자리가 이 생(生)에서의 영영 이별이라는 결론을 내리고, 그녀와 다시 헤어지기로 합의합니다.

〈봉별기〉의 서술자는 이상 자신입니다. 아래 인용한 〈봉별기〉의 일부 내용을 보면 '불초(불효자식) 이상', '이상도 사실은 긴상(이상의 본명은 김해경)이다' 등 서술자가 본인임을 밝히는 장치가 있습니다.

와보니 우리 집은 노쇠했다. 이어 불초 이상은 이 노쇠한 가정을 아주 쑥밭을 만들어버렸다. 그동안 이태가량—
어언간 나도 노쇠해 버렸다. 나는 스물일곱 살이나 먹어버렸다.

"긴상(이상도 사실은 긴상이다) 참 오래간만이슈. 건데 긴상 꼭 긴상 한번 만나 뵙자는 사람이 하나 있는데 긴상 어떻거시려우."

〈날개〉에도 작가 이상의 삶이 반영되어 있다고 본다면, 폐병에 걸린 '나'가 요양차 간 온천에서 현재의 아내를 만나 결혼했다고 상상해 볼 수 있겠네요.

서울 최초의 백화점, 미쓰코시

미쓰코시는 경성에 있었던 최초의 근대식 백화점입니다. 1906년 일본인에 의해 세워진 미쓰코시 오복점이 전신이지요. 오복점은 일본 미쓰코시백화점의 서울 출장소이자 소규모 잡화점 역할을 했는데, 1929년에 지점으로 승격되면서 백화점으로 탈바꿈하게 됩니다.

미쓰코시백화점 경성 지점 전경

미쓰코시백화점이 위치했던 곳은 지금의 신세계백화점 본점이 위치한 중구 소공로입니다. 이곳은 지금도 상업의 중심지 중 하나이지만, 당시에도 마찬가지였어요. 지금의 서울중앙우체국 자리에 경성중앙우편국이 있었고, 한국은행 본점 자리에는 조선은행이 있었습니다.

미쓰코시백화점은 지하 1층부터 지상 4층까지의 규모로 화장품과 가구, 귀금속 등을 판매하는 매장과 커피숍, 식당 등이 들어서 있어 지금의 백화점과 크게 다르지 않았습니다. 이전에는 볼 수 없었던 큰 규모의 상가였고, 특히 경성의 모습을 한눈에 볼 수 있었던 옥상정원은 당시 최고의 명소로 손꼽혔다고 해요.

미쓰코시백화점은 8·15 광복으로 1945년에 문을 닫게 됩니다. 그 후 동화백화점으로 이름이 바뀌었고, 한국전쟁 때는 미군 PX로 사용했지요. 그리고 현재는 신세계백화점 본점이 되었습니다.

3

작품 속 배경 둘러보기

왜 하필 '33번지'예요?

그 33번지라는 것이 구조가 흡사 유곽이라는 느낌이 없지 않다. 한 번지에 18가구가 주욱 어깨를 맞대고 늘어서서 창호가 똑같고 아궁이 모양이 똑같다.

'33번지 유곽'은 〈날개〉의 공간적 배경입니다. 그런데 이상은 어떻게 '33번지'라는 구체적인 공간을 설정하게 됐던 걸까요? 소설이라는 갈래는 상상력에 바탕을 두고 허구로 꾸민 이야기 양식이지만, 아무래도 집필하는 작가의 생각이나 경험이 필연적으로 반영되기 마련이지요. 〈날개〉의 33번지도 그런 경우입니다. '33'이라는 숫자는 이상에게 꽤 특별한 의미가 있는 숫자거든요.

이상은 폐결핵 진단을 받은 후 조선총독부 건축 기사를 그만두고 요양차 온천에 갔다가 기생 금홍을 만나 사랑에 빠지게 되는데, 이 해가 바로 '1933년'이었습니다. 이후 그는 경성으로 돌아와 금홍과 함께 살게 되었는데, 그곳의 주소는 '종로구 관철동 33번지'였어요. 이곳은 실제로 당시 권번 기생들이 모여 살던 곳의 주소이기도 합니다. 작품의 내용과 일맥상통하지요? 다만 금홍이 그곳의 기생들과 같이 권번에 속했었는지는 알려지지 않았어요.

이곳에 대한 묘사는 박태원이 이상을 모델로 삼아 쓰고 1936년 9월《여성》에 발표한 〈보고〉라는 소설에도 드러나 있습니다.

관철정 삼십삼번지— (중략)

밝은 편 기둥에 '대항권번(大亢券番)'의 나무 간판이 걸려 있는 대문을 들어서서, 오른편으로 바로 번듯하게 남향(南向)한 위치에 서 있는 제법 큰 한 채의 집이, 그것이 바로 '대항권번'이려니 하고, 추측은 용이하여도, 무릇, 그 권번집과는 조화가 안 되게, 좁은 뜰 하나 격하여 그 맞은편에 가, 올망졸망하니 일자로 쭈욱 이어 있는 줄행랑 같은 건물의 그 하나하나에, 제멋대로 아무렇게나 경영되어 가고 있는 각양각색의 가난스러운 살림살이와 맞부딪힐 때, 나는 저 모르게 가만히 한숨을 토하였다.

최 군과, 그에게 딸린 한 여인의, 그들의 사랑을 위한 도피 생활(逃避生活)도, 우선 무대가 이러하고서야 이른바 화려하다거나 또는 로맨틱하다거나 하는 그러한 것들과는 크게 거리가 있으리라……

— 박태원, 〈보고〉 중에서

이상과 박태원은 둘도 없는 친구였다고 해요. 이들은 순수문학을 지향하는 구인회(九人會)라는 문인 단체에도 함께 입회했는데, 이때도 '1933년'이었답니다. 또 이상은 금홍과 함께 '제비'라는 다방을 운영하기도 했는데, 이 다방의 주소도 '종로 1가 33-1번지'였지요.

제비다방의 위치가 밝혀졌다고?

1930년대 지식인들은 보통 찻집에 모여 커피와 홍차를 마시며 경제, 사회, 문학, 정치 등에 대해 다양한 의견을 나누며 토론했다고 합니다.

이러한 이유로 자연스럽게 많은 찻집이 생기게 되었는데, 이상도 1933년 금홍이라는 여성과 함께 경성에 와 현대식 찻집 '제비'를 차렸습니다.

제비다방은 내부의 모든 벽면을 흰색으로 칠했고, 사람들이 지나다니는 거리와 접한 3면은 유리로 만들어 안팎에서 서로를 볼 수 있게 했습니다. 그 당시 벽이 유리로 된 찻집은 흔치 않았기 때문에, 많은 손님이 찾아왔다고 해요. 특히 경성의 지식인들과 유학파들이 많이 몰려들었다고 합니다.

그러나 제비다방은 경영에 미숙해 커피와 홍차를 제때 구비하지 못했고, 커피 맛도 좋지 않다는 평이 많아 2년이 채 못 되어 폐점하게 되었습니다. 그 후 이상과 금홍은 다시 쯔루다방을 개업했고, 이어 69다방도 개업했지만 모두 얼마 못 가서 문을 닫았습니다.

제비다방이 잘 운영됐다면 이상의 폐결핵도 치료할 수 있었을 것이고, 연인 금홍과도 잘 지낼 수 있었을 것입니다. 또 더 왕성한 작품 활동을 이어갈 수도 있었을 테지요. 안타까운 일이 아닐 수 없습니다.

그동안 이상의 제비다방은 당시 어디에 있었는지 그 정확한 위치를 알지 못했습니다. 그런데 최근 그 위치가 밝혀졌다고 합니다. 지난 2016년 문학평론가 박광민 씨는 《미술 세계》 11월호에 발표한 논문 〈구본웅과 이상, 그리고 목이 긴 여인 초상〉에서 "이상이 1933~1935년에 운영했던 제비다방의 위치는 '서울 종로구 종로1가 33-1'이며, 현재 이곳에는 주상 복합 건물 그랑서울이 들어서 있다."라고 밝혔습니다. 박광민 씨는 제비다방의 소재지를 지목하는 구본웅의 막내아들 구순모(71) 씨의 과거 증언도 찾아냈습니다.

"(맏형 구환모는) 아버지를 따라 몇 차례 같은 다방에 간 적이 있었다면서, 바로 여기라고 손으로 가리키며 내게 말한 적이 있다. 비록 그 찻집의 이름은 기억할 수 없지만, 작가 이상이 운영하던 곳이었다는 것은 분명하다고 했다. 그래서 형과 함께 그곳의 지번을 확인해 본 결과, 그곳의 주소가 '종로 1가 33-1번지'였다."

유곽은 어떤 곳인가요?

〈날개〉의 공간적 배경이 되는 유곽은 일제강점기 일본에 의해 조선에 조성된 유흥가(성매매 장소)입니다. 1935년 당시 유명한 권번은 경성 권번, 한남권번, 대항권번 등이 있었으며, 대항권번의 경우는 기생과 기생 견습생이 120여 명에 이르렀다고 해요. 권번이란 기생조합을 이르는 말입니다.

당시 이상이 살던 곳 맞은편에도 권번이 있었으니, 이상이 작품에서 '나'가 생활하는 장소인 유곽에 대해 자세히 묘사할 수 있었던 것은 이러한 환경적 요인에 영향을 받았기 때문일 것입니다.

일제강점기 권번 기생의 모습

일제강점기 시절의 기생은 대부분 권번에 소속된 이들입니다. 권번의 기생은 보통 추천으로 들어오는 경우가 많았고, 일부 여성들은 직접 찾아가기도 했습니다. 권번에 들어오면 거문고, 양금, 가야금을 배웠습니다. 또 민요나 창 등 노래도 잘해야 했고, 춤도 배워야 했지요. 정확한 비교는 물론 아니겠지만, 오늘날로 치면 아이돌이 되기 위해 트레이닝을 받는 것과 비슷했을 거예요.

권번의 수업은 매우 힘들었다고 합니다. 그럼에도 많은 여성이 기생이 되려 한 이유는 기생의 수입이 다른 직업에 비해 상당히 많았기 때문입니다. 당시 쌀 한 가마가 7~8원 정도였는데, 기생의 한 달 수입은 평균적으로 100~200원이었다고 해요.

왜 정오에 사이렌이 울렸나요?

이때 뚜— 하고 정오 사이렌이 울었다. 사람들은 모두 네 활개를 펴고 닭처럼 푸드덕거리는 것 같고 온갖 유리와 강철과 대리석과 지폐와 잉크가 부글부글 끓고 수선을 떨고 하는 것 같은 찰나, 그야말로 현란을 극한 정오다.

나는 불현듯이 겨드랑이가 가렵다. 아하, 그것은 내 인공의 날개가 돋았던 자국이다. 오늘은 없는 이 날개.

우리가 알고 있는 사이렌은 보통 긴급한 상황에서 울리는 것이지요. 그러나 〈날개〉에서는 정오에 사이렌이 울립니다. 그런데 사람들이 크

오포를 쏘는 모습

게 동요하는 것 같지 않습니다. 긴박한 상황이 아닌 것 같아요. 그렇다면 '정오(正午)'에 초점을 두고 생각해야겠군요. 정오는 낮 12시를 뜻합니다. 즉 정오에 사이렌이 울렸다는 것은 12시가 되었음을 알려주는 의미로 해석할 수 있지요.

일제강점기에 시계가 있는 집은 엄청난 부잣집이었습니다. 보급이 충분하지 않았기 때문이지요. 그래서 정오가 되면 12시를 알리는 대포가 울렸는데, 그것을 오포(午砲)라고 했어요. 이 오포는 남산에 설치되어 있었습니다.

그러나 오포는 사람이 직접 쏴야 해서 시간을 정확하게 맞추지 못한 날도 많았고, 화약값도 많이 들어서 운영상 어려움이 많았다고 합니다. 그래서 많은 돈을 들여 소리로 신호를 내는 장치인 기적(汽笛)을 설치했어요.

그러다 1924년 3월 남대문소방서 옥상에 우리나라 최초로 소방 사이렌이 설치되었어요. 그리고 곧 전국의 읍면 단위까지 모든 곳으로 확대되었습니다. 소방 사이렌이 설치되면서 경성과 평양, 대구 등 대도시에서는 오포를 대신해 시간을 알리는 시보(時報)로 쓰이게 됩니다. 아래는 당시에 난 신문 기사입니다.

정오 신호(正午 信號), 오포(午砲)는 없어지고 새 기계가 생긴다

날마다 열두 시만 되면 '꽝!' 하고 삼십만 부민에게 때를 알려 주던 남산의 오포는 작년 용산 육군사령부로부터 경성부로 이관되어 지금은 경성부의 경영으로 소방수의 손을 빌어 오포를 놓게 되었는데, 시간을 잘 맞추지 못한다는 비평도 많을 뿐만 아니라 날마다 없어지는 화약값도 적지 아니하여 경성부에서는 전기장치로 대신할 계획을 세우고 자리도 옮기기로 확정되었는데, 자리는 남대문소방소 기지의 일부로 오십이 척의 철골탑을 세우고 그 위에 '모터-싸일렌'이란 기계를 배치하여 전기로써 정각이 되면 자동으로 기차 고동 같은 소리가 나오게 하려는 것인데, 기지에 대하여는 방금 허가 신청 중이므로 허가만 되면 곧 공사를 시작할 터인데 늦어도 금년 안으로는 완성할 터라 하며 이것이 완성되면 경비도 절약될 뿐만 아니라 수속도 간편하게 되고 시간도 정확하게 될 것이라는데, 이리하여 연고 많은 오포는 자리 잡은 옛터를 떠나서 목소리까지 변하게 될 모양이더라.

- 〈동아일보〉, 1923. 10. 17.

당시 경성의 모습은 어땠나요?

경성은 현재 서울의 옛 지명입니다. 경성은 그 당시 우리나라 최대 도시답게 백화점과 기차역이 있었고, 식당과 카페, 술집과 유흥업소도 많았습니다. 일제강점기이기는 했지만 경성과 평양 등 몇몇 대표적인 도시들은 서양의 도시처럼 산업화와 공업화가 이루어지고 있었으며, 자본주의가 들어와 기준과 질서를 만들고 있었어요.

이상은 주인공 '나'의 시선을 통해 일제강점기 경성의 모습을 보여 주고 있습니다. 비록 구체적으로 묘사된 것은 아니지만, 빛과 화려함이 있는 곳이었다는 것은 알 수 있지요. 또 일제강점기 우리나라 지식인 남성이 일자리를 구하지 못해 경제활동이 어려운 상황에서 여성이 유흥업을 통해 가족을 부양하는 모습을 그려 그 화려함 속의 실상은 황폐하고 어두웠던 도시의 분위기를 연출했습니다.

소설에서 '나'는 총 다섯 번 외출하는데, '나'가 갔던 곳은 거리, 경성역, 산, 백화점 등입니다.

경성역이 있다는 것은 당시 경성에 기차가 다녔다는 말이지요. 이를 이용해 지방에 사는 사람들이 편리하게 경성에 올라올 수도 있었을 것이며, 농작물이나 광물, 산업자원들도 활발히 유통되었을 것입니다.

1930년대의 경성역

백화점은 자본주의의 꽃이라고 할 수 있지요. 생필품부터 고급스러운 사치품까지 다양하게 진열되니까요. 경성에서 내로라하는 재력가들과 일반 시민들이 함께 백화점을 이용한다는 것은 그만큼 우리나라에 자본주의 시장경제가 자리를 잡았다는 뜻이기도 합니다.

경성중앙우체국과 미쓰코시백화점

　일제강점기라는 현실에 적응하지 못한 지식인인 '나'는 경성역과 미쓰코시백화점 등 신문물이 들어선 경성의 거리를 걸으며 근대 자본주의 체제로 편입된 당대의 모습을 보여주고 있으며, 33번지라는 '나'의 생활공간에서 이루어지는 아내의 일을 통해 근대화된 자본주의의 이면에 숨겨진 부적절한 유흥 문화, 그리고 정상적이지 못한 부부 관계의 모습을 보여주고 있습니다.

　그러나 소설의 마지막 장면에서 '나'는 억압적 식민 통치의 현실, 그로 인한 실직, 조선 지식인의 소외, 좌절감, 무기력함 등에서 벗어나 다시 자유롭게 자신의 능력을 펼칠 수 있기를 희망하지요.

작품 밖 세상 들여다보기

시대

작가

작품

독자

작가 이야기
이상의 생애와 작품 연보, 작가 더 알아보기

시대 이야기
1930년대의 모습

엮어 읽기
1930년대 도시의 무기력한 청춘들

독자 이야기
집으로 돌아간 '나'는 아내와 잘 살 수 있을까?

이상의 생애와 작품 연보

1910(9월 23일)　서울 종로구 사직동에서 아버지 김연창 씨와 어머니 박세창 씨 사이의 장남으로 태어남. 본명은 김해경.

1912(3세)　아들이 없던 백부의 양자가 되어 그곳에서 24세까지 성장함.

1917(8세)　신명학교(종로구 누상동) 1학년에 입학함. 그림에 소질을 보임.

1921(12세)　신명학교 졸업. 동광학교에 입학함.

1924(15세)　동광학교가 보성고보로 병합, 같은 학교 4학년에 편입학함. 교내 미술 전람회에 유화 〈풍경〉으로 입상함.

1926(17세)　보성고보 5학년 졸업. 그해 4월 동숭동에 있는 경성고등공업학교 건축과 1학년에 입학함. 미술에 몰두하여 보낸 1여 년 동안 회람지 《난파선》의 편집을 주도, 삽화와 시를 발표함.

1929(20세)　경성고등공업학교 3학년 졸업 후 조선총독부 내무국 건축과 기수로 근무함. 조선 건축회지 《조선과 건축》 회지 표지 도안 현상 모집에 1등과 3등에 당선함.

1931(22세)　〈이상한 가역반응〉, 〈파편의 경치〉, 〈BOITEUX·BOITEUSE〉, 〈공복〉, 〈오감도〉, 〈삼차각 설계도〉를 《조선과 건축》에 발표함. 백부 사망함.

1932(23세)　《조선과 건축》 회지 표지 도안 현상 모집에서 제4석에 당선함. '비구(比久)'라는 익명으로 시 〈지도의 암실〉을 《조선》에 발표함. 이후 '이상(李箱)'이라는 필명으로 시 〈건축무한 육면각체〉를 발표함.

1933(24세)　심한 각혈로 총독부 기수직을 사임함. 통인동 백부의 유산을 정리하여 효자동에 집을 얻고, 21년 만에 친부모와 형제들을 옮겨 옴. 요양차 간 배천온천에서 기생 금홍을 알게 됨. 서울 종로

1가에 다방 '제비'를 개업하고 금홍과의 동거를 시작함. 시 〈이런 시〉, 〈꽃나무〉, 〈1933. 6. 1.〉, 〈거울〉을 국문으로 발표함.

1934(25세) 구인회에 입회, 본격적인 문학 활동을 시작함. 《매일신보》에 시 〈보통기념〉을 발표함. 시 〈오감도〉를 《조선중앙일보》에 발표하나 물의가 일어 연재 후 중단함. 신문소설 〈소설가 구보 씨의 일일〉이라는 작품에 '하융(河戎)'이라는 화명(畵名)으로 삽화를 그림. 시 〈소영위제〉를 발표함.

1935(26세) 시 〈지비(紙婢)〉, 〈정식〉, 수필 〈신촌 여정〉을 발표함. 경영난으로 다방 '제비' 운영을 중단하고 금홍과 헤어짐. 계속된 경영 실패로 신당동 빈민촌으로 이사함.

1936(27세) 구인회 동인지 《시와 소설》을 편집함. 단편소설 〈지주회시〉, 〈날개〉 등을 발표함. 친구 구본웅의 소개로 변동림과 결혼함. 재기를 위해 일본 동경으로 떠남. 그곳에서 〈공포의 기록〉, 〈종생기〉, 〈권태〉, 〈슬픈 이야기〉, 〈환시기〉 등을 씀. 시 〈위독〉, 수필 〈행복〉, 〈추등잡필〉, 〈1세기식〉, 소설 〈봉별기〉, 〈동해〉, 동화 〈황소와 도깨비〉 등을 발표함.

1937(28세) 사상 불온 혐의로 일본 경찰에 유치됨. 건강이 악화되어 보석으로 출감함. 4월 17일 오전 4시, 동경제대 부속병원에서 사망함. 향년 만 26년 7개월. 아내 변동림에 의해 유해는 화장되어 환국 후 미아리 공동묘지에 안장되었다가 후일 유실됨. 《조광》에 〈종생기〉, 《조선일보》에 〈권태〉가 5월에 각각 발표됨.

1939 《조광》에 〈실락원〉, 《문장》에 〈실화〉 등 유고 작품이 발표됨.

작가 더 알아보기

이상의 본명은 김해경이다

이상은 1910년 9월 23일(음력 8월 20일) 한 가난한 집안에서 태어
났어요. 아버지 김연창, 어머니 박세창 사이의 2남 1녀 중 장남이었
습니다. 본명은 김해경이었지요. 아버지는 궁에 소속된 활판소에서
일하다 손가락 세 개를 잃고 이발소를 운영했어요. 해경은 세 살에
큰아버지 댁의 양자로 들어가게 됩니다. 큰아버지는 총독부 기술자
로 여유가 있었으나, 아들이 없었어요. 그 덕분에 해경은 고등교육까
지 마칠 수 있었습니다.

　해경에게는 구본웅이라는 친구가 있었어요. 그는 우리나라 1세대
화가로 성장하는데, 초등학교(신명학교)에 입학(1917년) 후 해경을
만나 단짝이 됩니다. 구본웅은 척추 장
애를 가지고 있어 다들 멀리했는데, 해
경은 그에게 좋은 친구가 되어줍니다.
'그림'이라는 공통된 주제도 있었을 거
예요. 해경은 그림 그리기를 좋아했거든
요. 그래서 둘은 말도 아주 잘 통했고
같이 그림도 그렸어요.

　해경이 경성고등공업학교에 입학할

〈친구의 초상〉(1935)
구본웅이 그린 이상의 초상화이다.

때 구본웅은 사생상(스케치 박스)을 선물로 줍니다. 해경은 그간 사
생상을 너무도 가지고 싶어했는데, 이제야 제대로 그림을 그리게 되
었다고 감격했어요. 그는 간절하게 원했던 사생상을 선물로 받은 감
사의 표시로 자기 아호에 사생상(寫生箱)에서 '상자'를 의미하는 '상
(箱)' 자를 넣었어요. 그리고 원래는 김 씨지만, 나무 목(木)이 들어
간 성씨를 찾아(사생상은 나무로 만들어진 상자였어요) 아호를 '나
무(李) 상자'라는 의미의 '이상(李箱)'이라고 짓게 됩니다.

이상은 작가이자 화가, 건축가였다

이상은 보성고보 시절 교내 전시회에 출품한 풍경화가 당선될 만
큼 그림에 소질이 있었어요. 그는 화가의 꿈을 계속 키워 나가고 싶
어 했지요. 그러나 기술자가 되어야 한다는 큰아버지의 의견을 꺾기
는 어려웠어요. 학업성적이 우수했던 이상은 결국 보성고보를 졸업
하고 지금의 서울대학교 공과대학 격인 경성고등공업학교 건축과에
입학(1926년)합니다. 경성
고등공업학교는 입학도 물
론 어렵지만 졸업도 그만
큼 어려웠는데, 이상은 건
축과 전체 수석으로 졸업
하게 됩니다. 게다가 건축
과 졸업생 열두 명 중 오직

조선총독부 소속 건축 기사로 일하던 이상

한 명만이 한국인이었다고 해요. 당시 경성고등공업학교에는 수석으로 졸업하면 조선총독부 기사로 들어갈 수 있는 특채 제도가 있었어요. 이에 따라 이상은 조선총독부 건축 기사로 일을 하게 됩니다. 건축가로서의 삶을 시작한 것이지요. 그러나 자유분방했던 이상은 총독부에서의 생활에 잘 적응하지 못했습니다. 게다가 결핵까지 앓게 되어 결국 사직서를 내게 되지요. 그 이후로 이상은 글을 쓰면서 '하융'이라는 가명으로 그림도 그립니다.

이상은 다방을 운영했다

이상과 절친이었던 구보 박태원은 1939년 2월,《조선일보》에 〈제비〉라는 유머 콩트를 연재합니다. 제비다방의 일상을 글과 그림으로 표현한 것인데, 이 자료를 통해서 당시 제비다방의 모습을 짐작할 수 있습니다.

구보 박태원이 그린 제비다방

1930년대에 들어서면서 우리나라에는 카페 문화가 자리를 잡기 시작합니다. 카페는 단순히 차를 마시는 공간이 아닌 문학과 예술을 향유하는 아지트 같은 역할도 했어요. 이상은 결핵으로 일을 쉬는 도중 요양차 간 함흥도 온천에서 기생 금홍과 만나 사랑에 빠집니다. 둘은 경성으로 돌아와 동거를 시작했고, 함께 다방도 열게 되지요. 그 다방의 이름이 바로 '제비'였어요. 금홍은 그곳에서 마담으로 일했습니다.

이상의 친구 중에는 유명 작가가 많다

〈동백꽃〉과 〈봄봄〉으로 우리에게 잘 알려진 소설가 김유정은 이상과 매우 친한 사이였어요. 이상은 〈소설체로 쓴 김유정론〉을 쓸 정도로 김유정과 각별했지요. 둘은 순수문학 지향 단체인 구인회의 회원으로 연대감을 가지고 있었고, 결핵을 앓고 있다는 공통점도 있어 더 가까웠습니다. 당시 문학인 중에서는 결핵을 앓는 사람들이 많았어요. 지금과는 완전히 다른 열악한 환경에서 예술혼을 불태우며 술과 담배와 함께 밤을 지새우는 집필 활동을 지속해 나갔으니, 피로가 더해져 병을 더 키웠을 것으로 짐작됩니다. 김유정이 결핵으로 죽고 정확히 18일 뒤, 이상도 결핵으로 생을 마감합니다.

　김유정 외에 또 유독 친하게 지냈던 친구는 구보 박태원입니다. 박태원도 구인회에 속해 있었어요. 박태원이 《조선중앙일보》에 연재했던 신문소설 〈소설가 구보 씨의 일일〉에 이상은 '하융'이라는 이름으로 삽화를 그려줍니다.

1930년대의 모습

세계는 대공황······ 경성은 지금

1929년 일어난 세계 대공황의 여파가 심각하다. 소비자들은 물건을 사지 않고, 물건을 팔지 못한 기업은 임금을 삭감한다. 돈을 받지 못한 노동자들은 돈을 쓰지 못하고, 돈을 쓰지 않으니 자금이 순환되지 않아 은행이 파산한다. 이로써 세계 경제는 급격히 무너지는데, 이를 세계 대공황이라 한다.

1930년대에 들어선 현재 경성에서도 많은 사람이 직업을 잃어 실업자가 되었으며, 기업이 줄도산하는 상황이다. 쌀, 보리 등 농산물 가격은 평균 50% 대폭락했고, 일상용품과 공산품은 30% 이상 폭락했다. 자신의 땅이 없는 소작농과 빈농은 농지를 빌린 이자(80%의 고이율 소작료)를 내야 해서, 열심히 농사를 지어 100가마니를 생산해도 80가마니를 지주와 일본 정부에 빼앗긴다. 이에 농민들은 새로운 일자리를 찾기 위해 경성으로 몰려들고 있다.

이렇게 경성의 인구가 폭발적으로 늘어남에 따라 앞으로 다양한 문제에 직면할 것으로 예상된다. 살 곳이 부족해 주택난이 발생할 것이며, 실업과 임금 삭감으로 생활고에 시달릴 것으로 보인다. 또한 생계가 불안해짐에 따라 가족 해체 현상도 일어날 전망이다. 생활고에 시달리는 여성들은 직업을 잃은 남성을 대신해 유흥업에 종사하는 경우가 많아졌다고 한다.

일장기는 어디에?《동아일보》이어《조선중앙일보》도

《조선중앙일보》는 소화 11년 8월 13일 자 지상에 '머리에 빛나는 월계관, 손에 굳게 잡힌 견묘목, 올림픽 최고 영예의 표창 받은 우리 손 선수'라는 제목 아래 한 사진을 게재했다. 그러나 전기《동아일보》와 같은 모양으로 손기정의 가슴에 새겨져 있는 일장기 마크는 물론, 손 선수 자체의 용모조차 잘 판명되지 않는 까닭에 당국으로서는 당초 졸렬한 인쇄 기술에 의한 것이라 판단했으나, 관할 경찰 당국을 시켜 조사한 결과《동아일보》처럼 손기정의 가슴에 새겨져 있는 일장기 마크를 손으로 공들여 말소시킨 사실이 판명되었다. 동사(同社) 사장

여운형 이하 간부는 전연 그 사실을 부인하다가 사실이 밝혀지자 하는 수 없이 근신의 의미로 9월 4일에 이르러 당국의 처분에 앞서 "근신의 뜻을 표하고 당국의 처분이 있을 때까지 휴간한다."라고 운운의 사고(社告)를 게재함과 동시에 휴간 수속을 이행해 현재에 이르고 있다. (1936)

남성보다 우월한 실업 여성 취직률

전조선직업소개소 통계를 낸 결과, 일반 구직자 28,816명, 일용 구직자 8,353명으로 합계가 37,169명인데 이를 조선인과 일본인으로 나누면 조선인이 29,580명, 일본인이 7,589명으로 조선인 실업자가 일본인 실업자보다 네 배 가까이 많은 것으로 확인되었다. 또한 이를 성별로 나누면 남자가 29,134명, 여자가 8,035명으로 남자가 여자보다 세 배 넘게 많았다. 그들의 취직률을 보면 일반 구직자 중 남자의 취직률이 24%, 여자의 취직률이 53%로 남자에 비해 약 두 배가량이나 우월하고, 일용 구직자에 있어서도 남자는 80%, 여자는 82%로 단연 남성보다 취직률이 양호하다. (1931)

다방과 예술가

요즘 각 도시에는 주로 지식인들의 휴게 공간, 다방이란 것이 많이 생겨났다. 지방은 어떨지 모르지만, 경성에 있다 보면 이 다방과 예술 간에 특이한 현상이 발견된다. 우선 다방의 경영자를 보면 화가, 극작가, 영화인, 시인, 배우, 음악가 등 거의 예술 각 부분과 연관이 있다. 따라서 다방의 내부 장식, 비품 등도 역시 각각 그 분야 종사자들의 취미나 기호에 맞게 되어 있으므로, 예술가들은 마치 자기 집 사랑방이나 되는 듯 자주들 다닌다. 아무 곳이나 하나를 골라 들어가 보면 거기에는 반드시 적요, 권태, 우울에 잠긴 예술가가 한 잔 차를 앞에 놓고 명상에 빠졌는지, 시간 가기를 기다리고 있는지 분별하기 어려운 망연한 자세로 앉아 있는 모습을 적어도 한둘은 반드시 보게 된다. (중략) 시대의 불안과 생활의 과로가 너나를 불문하고 다방 한구석으로 이끄는 건 사실이지만, 냉정하게 돌이켜보면 다방이란 결코 고마운 존재가 아니다. 다방을 경영하는 예술가들도 신성한 본업으로 돌아가야 할 것이며, 신시대의 예술가들도 마땅히 다방을 뒤로하고 생활로 나서야 할 것이다. (1935)

1930년대 도시의 무기력한 청춘들

1930년대 경성에서는 〈날개〉의 '나'와 같이 지식인이라 자부하는 사람들이 아무것도 하지 못하고 방 안에만 틀어박혀 있는 경우가 많았습니다. 고등교육을 받은 사람은 줄줄이 쏟아지는데, 세계적인 경제 불황으로 일자리는 현저히 줄어들었기 때문이지요. 설상가상으로 기업에서는 같은 조건을 가졌더라도 일본인을 우선으로 채용했고, 조선인이라는 이유만으로 일본인과 동등한 대우를 해주지도 않았어요. 이 때문에 한창 일할 나이의 젊은 사람들은 일자리가 없어 경성의 거리를 방황할 수밖에 없었습니다.

문학인들의 작품 활동에도 제동이 걸렸습니다. 일본이 민족말살정책을 강행했기 때문이에요. 민족말살정책이란 식민지가 된 민족의 민족성을 말살하여 종속 관계를 지속하기 위한 정책입니다. 이는 문화적인 부분에서도 마찬가지였어요. 작가의 사상을 검열하고, 체제에 반하는 문장은 가차 없이 삭제해 버렸습니다. 하지만 젊은 작가들은 다방에 모여 울분을 토할 뿐, 할 수 있는 건 아무것도 없었지요.

이렇듯 당시 한창 푸른 꿈을 펼쳐야 할 젊은 사람들은 사회로 나서지 못하고 무력함과 불안함에 시달렸습니다. 그런데 이러한 부정적인 감정은 또 다른 문제를 일으킵니다. 이는 1930년대 소설 속 주인공의 모습을 통해 종종 나타나는데, 사회에 냉소적인 태도, 병약함, 목표 상실, 인간관계 단절 등이 바로 그것입니다.

1. 사회에 냉소적인 태도: 채만식, 〈레디메이드 인생〉(1934)

레디메이드(Ready-made)는 언제든 팔릴 준비가 되어 있는 기성품을 뜻하는 말입니다. 고등교육을 마치고 취업만 하면 되는 주인공 P를 가리키는 말이기도 하지요.

하지만 아무리 구직 활동을 해도 P는 취직할 수가 없습니다. 일자리가 없기 때문이지요. P는 자신의 경험을 토대로 아홉 살밖에 되지 않은 아들 창선은 공부를 시키지 않고 인쇄소에 취직시키려 합니다.

"나이 몇인데?"

"아홉 살."

"아홉 살?"

A는 놀래어 반문을 하는 것이다.

"기왕 일을 배울 테면 아주 어려서부터 배워야지요."

"그래도 너무 어려서 원, 뉘 집 애요?"

"내 자식놈이랍니다."

P는 그래도 약간 얼굴이 붉어짐을 깨달았다. A는 이 말에 가장 놀라운 듯이 입만 벌리고 한참이나 P를 물끄러미 바라다본다.

"왜? 내 자식이라고 공장에 못 보내란 법 있답디까?"

"아니 정말 그래요?"

"정말 아니고?"

"괴―니 실없는 소리…… 자제라고 해야 들어줄 테니까 그러시지?"

"아니 그건 그렇잖어요. 내 자식놈야요."

"그럼 왜 공부를 시키잖구?"

"인쇄소 일 배우는 것도 공부지."

"그건 그렇지만 학교에 보내야지."

"학교에 보낼 처지가 못 되고 또 보낸댔자 사람 구실도 못할 테니까……."

"거 참 모를 일이요. 우리 같은 놈은 이 짓을 해가면서도 자식을 공부시키느라고 애를 쓰는데 되려 공부시킬 줄 아는 양반이 보통학교도 아니 마친 자제를 공장엘 보내요?"

"내가 학교 공부를 해본 나머지 그게 못 쓰겠으니까 자식은 딴 공부시키겠다는 것이지요."

결국 아들을 인쇄소에 맡기고 나오면서 P는 "레디메이드 인생이 비로소 겨우 임자를 만나 팔리었구나."라며 자조적으로 중얼거립니다. 자신은 취직할 수 없고 어린 자식은 취직시킨 아이러니한 상황을 두고 냉소적으로 뱉은 말이지만, 서글픔이 느껴집니다.

2. 병약함: 박태원, 〈소설가 구보 씨의 일일〉(1934)

26세 미혼의 소설가인 '구보'는 고등학교를 졸업하고 동경에 건너가 공부까지 했습니다. 그러나 현재 취직도 못 했고 아내도 없지요. 그런 구보를 어머니는 잠도 못 이루며 걱정합니다. 어느 날, 집에 있기가 눈치 보였는지 구보는 옆구리에 노트를 끼고 집을 나섭니다. 정오에 나와 서울 거리를 배회하다 새벽 2시에 귀가하지요. 하지만 구보는 종일 돌아다닐 만큼 건강하지 않습니다.

한낮의 거리 위에서 구보는 갑자기 격렬한 두통을 느낀다. 비록 식욕은 왕성하더라도, 잠은 잘 오더라도, 그것은 역시 신경쇠약에 틀림없었다.

구보는, 자기의 왼편 귀 기능에 스스로 의혹을 갖는다. 병원의 젊은 조수는 결코 익숙하지 못한 솜씨로 그의 귓속을 살피고, (후략)

그리고 다음 순간, 구보는, 이렇게 대낮에도 조금의 자신을 가질 수 없는 자기의 시력을 저주한다.

〈날개〉의 '나'도 거리에 나가면 금세 피곤해하고, 야맹증도 앓고 있는 병약한 인물이었습니다. 1930년대 대표적인 모더니즘 소설로 꼽히는 〈날개〉와 〈소설가 구보 씨의 일일〉의 주인공 모두 신체적 질병을 앓고 있는 건 우연이 아닐 것입니다. 당시 사회가 주는 정신적 불안이 신체적 질병으로 연결되었다고 볼 수 있겠지요.

3. 목표 상실: 최명익, 〈비 오는 길〉(1936)

각기병을 앓아 다리가 불편한 '병일'은 우연히 사진관 처마 아래서 비를 피하다가 사진관 주인과 친분이 생깁니다. 십여 년간을 조수로 일하다 독립된 사진관을 운영하게 된 '이칠성'은 병일에게 성공담을 늘어놓으며 '어서 장사를 시작하고 하루바삐 장가를 들어 사람 사는 재미를 보도록 하라고 타이르는 듯' 말합니다.

병일은 그런 이칠성에게 경멸과 불쾌감을 느낍니다. 병일은 '어떻게 살아야 후회 없는 일생을 살 수 있는가'와 같은 질문의 답을 찾기 위해 월급을 아껴가며 책을 사 읽는 인물이기 때문입니다. 하지만 이칠성의 말은 차츰 병일을 흔들어 놓습니다.

말하자면 모두 자기네 일에 분망한 세상에서 나도 내 생활을 위하여 몰두하는 시간을 가져보겠다는 것이 나의 독서요 하고 이렇게 말한다면 말하는 자기의 음성이 떨릴 것이요, 그 말을 듣는 사진사는 반드시 하품을 할 것이라고 생각한 병일이는 하염없는 웃음을 웃고 나서,
"그럼 나도 책 사는 돈으로 저금이나 할까? 책 대신에 매달 조금씩 늘어가는 저금통장을 들여다보는 것으로 낙을 삼구……"

병일은 사람들 모두 목표를 가지고 바쁘게 살고 있는데 자기만 목표 없이 살고 있는 것은 아닌가 하고 조바심을 느낍니다. 그러다 독서를 통해 인생의 깨달음을 얻겠다는 건 시시하게 느껴지고, 돈을 모아야 하나 고민하지요. 〈날개〉의 '나'가 돈의 가치를 깨닫고 돈이 없는 상황에 불안을 느낀 것과 유사합니다.

4. 인간관계 단절: 박태원, 〈딱한 사람들〉(1934)

〈날개〉에서 '나'와 '아내'는 같은 공간에 살고 있지만, 원활히 의사소통하고 있지는 않습니다. 이런 기묘한 관계를 '나'는 '절름발이'라고 정의합니다.

박태원의 〈딱한 사람들〉에서는 친구 간의 단절이 나타납니다. 직업

을 찾아 길을 헤매고 신문을 뒤지는 '진수'와 '순구'는 같은 방에서 지내지만, 말을 주고받지 않습니다. 이 단절은 결국 서로를 불신하고 증오하는 상황을 초래합니다.

눈을 감고, 코로 입을 가만히 연기를 토하고 났을 때, 순구의 망막 위에 갑자기 한 개의 산식이 떠올랐다. 5-2=3 틀림없이 진수는 세 개다. 홍하고 코웃음 치고, 먼저 잠이 깬 놈은 담배 한 대 더 먹을 권리라도 있다는 말인가. 그 말을 자기 자신 확실히 듣고 싶기나 한 듯이 그는 일부러 입 밖에까지 내어 중얼거려 보았다. 자기가 자고 있는 사이에, 그 자고 있는 것을 기회로 삼아, 진수가 부당한 이득을 꾀하였는가 하면, 순구에게는 그의 소행이 가능하게까지 생각되었다.

친구 관계가 멀어지는 이유는 고작 담배 때문입니다. 다섯 개의 담배 중에서 진수가 세 개를 갖습니다. 그걸 가증스럽게 여긴 순구는 진수를 멀리하지요. 그 모습을 보고 진수 역시 순구를 증오하게 됩니다. 식민지에서 오는 궁핍함이 인간의 신뢰를 어떻게 파괴하고 무너지게 하는지 확인할 수 있는 장면입니다.

집으로 돌아간 '나'는 아내와
잘 살 수 있을까?

아래는 〈날개〉를 읽은 후 진행한 양강중학교 3학년 9반의 수업 장면을 재구성한 것입니다.

〈날개〉를 읽고 생각해 보기

선생님 자, 이제 〈날개〉를 다 읽었습니다. 지금부터 결말 이후 '나'가 집으로 돌아갔다고 가정하고, 아내와 잘 살 것 같은지 아니면 못 살 것 같은지 토론해 볼 거예요.

그 전에, 소설에 드러나 있지 않은 인물의 마음을 추측해 볼 필요가 있어요. 소설의 내용을 종합해 보았을 때, '나'는 아내를 사랑한다고 생각하나요?

해창 전 사랑하지 않는다고 생각해요. 마지막 부분에서 '나'가 아내에게 돌아가는 게 옳은 건지 확신하지 못하니까요.

도희 전 사랑한다고 생각해요. 자신의 행동을 아내가 좋아할지 안 좋아할지 고민하고, 아내를 의심한 걸 미안해하잖아요.

예은 저도 사랑한다고 생각해요. 다른 남성과 방에 들어가는 아내를 보고 '나'가 질투를 느끼잖아요.

승직 '나'의 눈에 아내가 가장 예뻐 보이는 것만 봐도 그래요. 아직 콩깍지가 벗겨지지 않은 것 같아요.

선생님 좋아요! 그럼 이번에는 반대로, 아내는 '나'를 사랑한다고 생각하나요?

승직 네. 아내는 자신의 치부를 들키고 싶지 않은 것 같아요. 사랑하는 사람한테는 좋은 모습만 보이고 싶은 게 사랑이잖아요.

혜원 그런데 외출을 하거나 내객을 받을 때 남편한테 돈을 쥐여 주잖아요. 제대로 된 사랑이라고 보이지는 않아요.

은우 그래서 저는 '나'와 아내의 사랑이 연인 간의 사랑은 아닌 것 같아요. 아내는 '나'를 챙겨줘야 하는 사람으로 보는 것 같아요. 부모와 자식 간의 사랑처럼요.

도희 아내는 '나'가 집에만 있도록 강요하잖아요. 꼭 사육하는 것처럼요. 사랑하지 않는 것 같아요.

해창 전 사랑한다고 생각해요. 남편이 외출해서 돌아왔을 때, 밤새워 가면서 도둑질하러 다니느냐, 계집질하러 다니느냐고 발악하잖아요. 질투심을 느낀 게 아닐까요?

한중 진짜 사랑한다면 남편을 짐승처럼 물어뜯진 않았을 거예요.

선생님 좋아요. 정답은 없어요. 소설의 내용을 바탕으로 타당한 근거를 들 수만 있으면 돼요. 혹 친구의 이야기를 듣고 생각이 바뀌었어도 괜찮아요. 방금 대화를 나눈 주제인 '나'와 아내가 사랑을 했는지, 하지 않았는지는 우리가 다음에 할 토론에서 중요한 근거로 활용될 수 있으니까 잘 생각해 보기로 해요.

〈날개〉를 읽고 토론하기

논제: 집으로 돌아간 '나', 아내와 잘 살 수 있다.

찬성: 4 / 반대: 15

선생님 선생님의 생각과는 달리 반대가 많았네요. 먼저, 찬성 쪽에서는 왜 그렇게 생각했는지 들어볼게요.

준영 '나'는 아내가 18가구 중에서 제일 작고 아름답다고 생각하잖아요. 예쁘면 끝이에요! (좌중 웃음)

준우 저도 잘 살 것 같아요. '나'는 이미 아내한테 푹 빠진 것처럼 보여요. 사랑에 빠진 사람은 거기서 벗어나기가 쉽지 않잖아요? 그래서 이전과 똑같이 아내에게서 벗어나지 못하고 무기력하게 살 것 같아요. 그리고 원래 그렇게 살아온 '나'는 그 삶에 만족하고 잘 살지 않았을까요?

승직 '나'는 자신을 박제된 천재라고 생각하잖아요. 이미 박제되었다고 생각하고 있으니까, 두 번 못 할 것도 없잖아요.

동균 여태 상황이 안 좋았으니까, 조금만 노력해도 더 잘 살 수 있을 것 같아요.

선생님 그렇다면, 이번에는 잘 살 수 없다고 생각하는 친구들의 의견을 들어볼까요?

건운 저는 '나'가 아내를 만나고 나서 박제가 되었다고 생각했어요. 그렇다면 날개를 다시 펴기 위해서는 박제가 되기 전, 즉 아내를 만나기 전으로 돌아가야 해요. 결국 '나'는 아내에게 돌아가지 않았을 거라 생각해서 '잘 못 살 것 같다'에 손을 들었어요.

은우 집으로 돌아간들 아내는 지금 하는 일을 계속할 것이고, '나'는 계속 박제된 삶을 살 것 같아요. 하지만 '나'는 다시 날아보고 싶다는 생각을 이미 해버렸으니까, 아내와 자주 다투게 될 것 같아요. 배신감도 더 커질 테고요.

유영 아내와 살면서도 잠만 자고, 영양실조에 걸리는 걸 보면서 애초에 잘 못 살고 있다고 생각했어요. 그래서 저는 결말에 '나'가 자살로 생을 마감했다고 봐요.

예빈 저는 그 부분을 새로운 삶을 시작하고 싶다는 의미로 봤어요. 그러면 아내에게서 '나'가 벗어나고 싶어 할 것이고, 그런 마음을 가지고 집에 돌아간다면 잘 못 살 것 같아요.

준후 최면 약을 먹인 사건 때문에 '나'는 아내에게 의심이 생긴 상황인 데다가, 아내가 일하는 장면을 목격했기 때문에 불안정한 모습으로 서로를 불신하면서 살아갈 것 같아요.

수연 하지만 아내는 남편이 신경 쓰이더라도 자기의 일을 더 중요하게 생각해서 쭉 그렇게 살 거예요.

시후 맞아요. 그래서 잘 살려면 아내한테서 벗어나야만 해요.

선생님 자, 그럼 정리해 볼게요. 9반 친구들 대부분이 집으로 돌아가더라도 '나'는 아내와 잘 살 수 없을 거라고 말했어요. 최면 약을 목격한 일로 아내에 대한 '나'의 신뢰가 깨졌기 때문이라고 말한 친구도 있고, 아내에게서 벗어나겠다는 깨달음을 얻었기 때문이라고 의견을 밝힌 친구도 있었네요.

지금까지 〈날개〉에 등장하는 인물의 심리를 깊게 이해하고, 타당한 근거를 들어 결말 이후의 사건을 상상해 보았어요. 자기의 경험을 바탕으로 의견을 낸 친구도 있고, 본문의 내용에 근거해서 반박한 친구도 있었습니다. 이 활동이 다소 어렵게 느껴졌던 작품 〈날개〉를 더욱 친근하게 느끼고 깊게 이해하는 데 도움이 되었으면 좋겠습니다. 이것으로 수업 마치겠습니다.

학생들의 실제 답변

나는 '나'가 아내와 (잘 살 것 같다. / 잘 못 살 것 같다.)
사랑에 빠진 사람은 벗어나기 쉽지 않다. 잊겠다 다짐하고 또 해도 생각나고 열망하기 때문이다. '나'는 아내를 사랑하기 때문에 아내에게서 벗어나지 못하고 집으로 돌아가 똑같이 무기력한 삶을 반복할 것이다. 이런 삶이 잘 사는 것은 아니지만, 적어도 '나'는 그렇게 살아왔으므로 만족하고 살 것이다.

나는 '나'가 아내와 (잘 살 것 같다. / 잘 못 살 것 같다.)
집으로 돌아간다 한들 아내가 일을 그만둘 수는 없을 것 같다. 만약 아내 일에 지장이 생기면 '나'는 직업도 가지고 있지 않고, 매일 자고, 몸도 약하므로 그렇게 잘 살지 못할 것이다. 아내와는 계속 싸우고, 집안 환경도 안 좋아졌을 것 같다. '나'는 '다시 날자'라고 희망했지만, 결국 집에 박제된 그대로 살았을 것이다. 아내와는 계속 지금 같은 관계일 것이고, 남편은 미안함과 배신감이 섞여 방 안에서 더 꼼짝도 안 할 것이다.

나는 '나'가 아내와 (잘 살 것 같다. / 잘 못 살 것 같다.)
왜냐하면 '나'는 아내에게 계집질하고 다니냐는 심한 말을 들었고, 수
면제를 먹었다는 의심 때문에 아내를 못 믿어 도저히 같이 살 수 없을
것 같다. 마지막 '날지'라는 말로 볼 때, 아무래도 '나'는 아내의 매춘
장면을 본 충격으로 극단적 선택을 한 것 같다. 그리고 아내는 한동안
은 죽은 남편을 생각할지 모르지만, 자신의 길을 더 중요하게 생각하
여 지금처럼 쭉 그렇게 살 것이다.

나는 '나'가 아내와 (잘 살 것 같다. / 잘 못 살 것 같다.)
'나'는 박제되어 버린 천재이다. 박제란 이미 죽은 것을 살아 있을 때와
같은 모양으로 만들어 놓은 것으로, 박제가 되면 아무리 시간이 지나
도 같은 모습 그대로 있게 된다. 나는 '나'라는 천재는 아내를 만나 온
종일 방에만 있으면서 아내가 지어주는 밥을 받아먹으며 생활하기 시
작한 그 순간부터 박제가 되었다고 생각했고, 박제가 되기 전처럼 다
시 날개를 펴려면 박제를 당하기 전, 그러니까 아내를 만나기 전으로
돌아가야 한다고 생각한다. '나'는 다시 날기 위해 아내에게 돌아가지
않았을 것이고, 그러므로 아내와 둘이 잘 살지는 않을 것 같다.

나는 '나'가 아내와 (잘 살 것 같다. / 잘 못 살 것 같다.)
아내는 볕이 드는 방에서 지내는데 '나'는 볕이 들지 않는 방에서 지내
고 있고, 아내는 남편에게 돈을 주고 늦게 들어오게 하고, 일찍 들어오
면 화를 내고, 보면 안 될 것을 봤다며 죽일 듯이 물어뜯었다. 이런 아
내하고는 도저히 잘 살지 못할 것 같다. 그럼에도 결국 둘이 같이 산다
면, '나'는 분명 아내에게 잡혀 살 것 같다.

참고 문헌

《한국민족문화대백과사전》

《문학비평용어사전》, 한국평론가협회, 국학자료원, 2006

《한국융합인문학》 제7권 제1호, 2019

《한국현대문학대사전》, 권영민, 2004

《이상 문학 연구 60년》, 권영민 외, 문학사상사, 1998

《1930년대 한국 모더니즘 작가 연구》, 조정래, 평민사, 1999

《절망은 기교를 낳고: 이상의 생애와 문학》, 윤태영·송민호, 교학사, 1968

《박태원》, 김종회, 한길사, 2008

《중학생이 즐겨 찾는 국어 개념 교과서》, 이서영, 아주큰선물, 2011

《Basic 고교생을 위한 용어사전 국어 편》, 구인환, 신원문화사, 2021

《이상을 읽다》, 전국국어교사모임, 휴머니스트, 2020

〈돈, 성 그리고 사랑: 〈날개〉 재론〉, 고려대학교 국어국문학 강헌국, 2012

〈〈날개〉의 외출과 귀가 모티프 연구: 일제강점기 지식인의 근대 인식과 좌절〉, 극동대학교 양윤모, 2019

〈채만식의 1930년대 지식인 소설 연구〉, 중앙대학교 교육대학원 국어교육전공 이민정, 2010

〈1930년대 모더니즘 소설 연구: 소외된 지식인의 내면의식을 중심으로〉, 한국교원대학교 대학원 국어교육전공 박은주, 1997

〈이상의 〈날개〉 연구: 〈날개〉에 나타난 시·공간적 의식을 중심으로〉, 수원대학교 교육대학원 국어교육전공 최경미, 2006

〈이상 소설의 서사 담론 연구: 〈지주회시〉, 〈날개〉, 〈봉별기〉를 중심으로〉, 경성대학교 교육대학원 국어교육전공 김후남, 2002

《우리말글》 제90집 중 〈이상과 박태원 문학의 관련성 고찰〉, 김주현, 우리말글학회, 2021

〈1930년대 초반 식민지 조선의 경제공황과 일상의 균열〉, 성균관대학교 이병례, 2015

제64회 전국역사학대회 한국역사연구회 발표 논문 중 〈1920년대 말~1930년대 초 대공황기 식민지 조선 상인의 경제 위기와 대응〉, 최은진, 2021

두산백과 두피디아

〈날개〉 프롤로그 해설, 블로그 '별 헤는 나'
(https://blog.naver.com/mecountingstars/223267209798)

선생님과 함께 읽는 날개

1판 1쇄 발행일 2024년 4월 29일

지은이 서울국어교사모임

발행인 김학원
발행처 (주)휴머니스트출판그룹
출판등록 제313-2007-000007호(2007년 1월 5일)
주소 (03991) 서울시 마포구 동교로23길 76(연남동)
전화 02-335-4422 **팩스** 02-334-3427
저자·독자 서비스 humanist@humanistbooks.com
홈페이지 www.humanistbooks.com
유튜브 youtube.com/user/humanistma **포스트** post.naver.com/hmcv
페이스북 facebook.com/hmcv2001 **인스타그램** @humanist_insta
편집책임 문성환 **편집** 윤무재 **디자인** 김태형 차민지 반짝공 **일러스트** 박세연
용지 화인페이퍼 **인쇄** 청아디앤피 **제본** 민성사

ⓒ 서울국어교사모임, 2024

ISBN 979-11-7087-148-4 44810